El crepúsculo del mundo

WERNER HERZOG creció en un remoto pueblo de montaña de Baviera. De niño nunca fue al cine, no tenía televisión ni teléfono. En 1961, cuando todavía estaba en secundaria, trabajó como soldador en el turno de noche para producir su primera película. Tenía diecinueve años. Desde entonces ha producido, escrito y dirigido más de cincuenta películas, entre ellas *Aguirre, La cólera de Dios, El enigma de Gaspar Hauser* y *Grizzly Man.*

Pero no solo dedica su tiempo al cine, sino también a la (buena) literatura. De hecho, lo que escribe se convierte instantáneamente en obra de culto: Conquista de lo inútil (Blackie Books, 2010), diario de rodaje de su mítica *Fitzcarraldo*, es considerada una de las crónicas más importantes del siglo XXI. Y ahora llega *El crepúsculo del mundo*, sobre un soldado japonés en terreno enemigo, uno de los episodios más asombrosos y salvajes de la Historia moderna.

Herzog vive en Los Ángeles, donde dirige una serie de seminarios de cine en los que no se imparte ningún tipo de enseñanza técnica, una escuela «para los que han viajado a pie, han mantenido el orden en un prostíbulo o han sido celadores en un asilo mental (...) en resumen, para los que tienen un sentido poético. Para los peregrinos. Para los que pueden contar un cuento a un niño de cuatro años y mantener su atención, para los que sienten un fuego en su interior». El fuego que siente Werner a sus setenta y nueve años, y el que transmite en todo lo que escribe y hace.

WERNER HERZOG

El crepúsculo del mundo

Traducción de Marina Bornas

Título original: *Das Dämmern der Welt*

Diseño de colección y cubierta: Setanta
www.setanta.es
© de la fotografía de la cubierta: Alamy | Entertainment Pictures
© de la fotografía del autor: Lena Herzog

© del texto: Carl Hanser Verlag GmbH & Co. KG, Múnich, 2021.
Derechos negociados a través de Ute Körner Literary Agent
© de la traducción: Marina Bornas, 2022
© de la edición: Blackie Books S.L.U.
Calle Església, 4-10
08024 Barcelona
www.blackiebooks.org
info@blackiebooks.org

Maquetación: David Anglès
Impresión: Liberdúplex
Impreso en España

Primera edición en esta colección: octubre de 2023
ISBN: 978-84-19654-73-1
Depósito legal: 12330-2023

Muchos detalles son correctos; otros muchos no lo son. Lo importante para el autor era otra cosa, algo fundamental, algo que creyó identificar durante su encuentro con el protagonista de esta historia.

En 1997 dirigí la ópera *Chushingura* en Tokio. Shigeaki Saegusa, el compositor, llevaba mucho tiempo insistiéndome para que dirigiera el estreno mundial de su obra. *Chushingura* es la más japonesa de todas las historias japonesas: un señor feudal es provocado e insultado durante una ceremonia y desenvaina la espada. Por ello se ve obligado a cometer *seppuku*, el suicidio ritual. Dos años más tarde, cuarenta y siete de sus vasallos vengan su muerte emboscando y matando al noble que había ofendido injustamente a su señor. Saben que morirán por ese acto. Ese mismo día, los cuarenta y siete, sin excepción, se suicidan.

Shigeaki Saegusa es un compositor muy respetado en Japón. Mientras trabajábamos en el montaje de la ópera, tenía su propio programa de televisión y la gente conocía nuestro trabajo. Una noche, los empleados más allegados a él nos reunimos en una larga mesa para cenar. Saegusa llegó tarde, rebosante de entusiasmo.

—Señor Herzog —me dijo—. El emperador quiere invitarlo a una audiencia privada. A menos que no pueda permitirse distracciones antes del estreno, claro.

—¡Cielo santo! —respondí—. No tengo ni idea de cómo hablarle al emperador. La conversación acabaría siendo un intercambio insustancial de fórmulas de cortesía.

Sentí la mano de mi esposa Lena sobre la mía, pero ya era demasiado tarde. Había rehusado la invitación.

Fue un paso en falso, tan estúpido y descomunal que todavía hoy me avergüenza. Todos los que estaban sentados a la mesa se quedaron petrificados. Nadie parecía respirar. Todas las miradas cayeron al suelo, se apartaron de mí, y un largo silencio congeló el ambiente. Pensé que, en ese instante, todo Japón contenía el aliento. Una voz rompió el silencio:

—¿A quién le gustaría conocer en Japón, entonces?

Sin pensarlo, dije:

—A Onoda.

¿Onoda? ¿Onoda?

—Sí —dije—, a Hiroo Onoda.

Una semana más tarde, lo conocí.

Lugang, sendero en la jungla

20 DE FEBRERO DE 1974

La noche se revuelca en sueños febriles. Incluso el despertar es como un gélido escalofrío y el paisaje, un sueño estático y crepitante que se resiste a disiparse mientras se va convirtiendo en día, parpadeando como un fluorescente mal conectado. Un suplicio ritual, un arrebato eléctrico que centellea en la selva desde la mañana. Llueve. La tormenta está tan lejos que no se oye el trueno. Es un sueño. Un sueño. Un camino ancho, vegetación espesa a derecha e izquierda, hojas podridas en el suelo, árboles que gotean. La selva permanece expectante, con paciente humildad, hasta que la misa mayor de la lluvia se ha oficiado hasta el final.

Luego ocurre esto, como si yo mismo estuviera allí: un murmullo de voces confusas a lo lejos;

gritos alegres que se van acercando. Un cuerpo toma forma entre la turbia neblina de la jungla. Un joven filipino llega corriendo por el sendero que desciende suavemente. Con la mano derecha sostiene sobre la cabeza lo que antes era un paraguas y ahora solo es un esqueleto de alambre y tela rasgada; en la mano izquierda tiene un gran cuchillo bolo. Justo detrás de él, una mujer con un bebé en brazos, seguida de otros siete u ocho aldeanos. Es imposible adivinar el motivo de su alegría. Avanzan corriendo, no pasa nada más. El constante goteo de los árboles, el sendero silencioso.

No es más que un camino. Y entonces, en el margen derecho, justo enfrente de mí, algunas de las hojas podridas del suelo se mueven. ¿Qué ha sido eso? Un momento de quietud. Después, parte de la pared de hojas comienza a moverse delante de mí, más o menos a la altura de mis ojos. Lenta, muy lentamente, las hojas adoptan forma humana. ¿Será un fantasma? Eso que he estado viendo todo el rato, aunque no lo haya reconocido a pesar de tenerlo justo delante de las narices, es un soldado japonés. Hiroo Onoda. No lo habría visto aunque hubiera sabido dónde estaba, pues está completamente camuflado. Primero se despega las hojas mojadas de las piernas y, después, las ramas verdes que ha adherido de manera minuciosa a su cuerpo. Busca el rifle entre la espesa maleza, donde ha escondido su mochila, también camuflada. Veo a un soldado de poco más de cincuenta años, enjuto; cada uno de sus movimientos es en extremo cauteloso. Su uniforme está lleno de parches cosidos y la culata de su rifle, envuelta en tiras de corteza. Escucha con atención. Después, desaparece sin hacer ruido en la dirección en la que corrían los aldeanos. El camino embarrado sigue delante de mí, pero ahora es nuevo, diferente y, al mismo tiempo, igual, aunque lleno de misterios. ¿Ha sido un sueño?

Un poco más abajo, el camino se ensancha. La lluvia es apenas un murmullo. Onoda inspecciona las huellas en el barro, siempre alerta, siempre en guardia. Sus ojos atentos recorren continuamente los alrededores. Los pájaros han empezado a piar, tranquilos, como si le estuvieran confirmando que, en ese momento, el peligro es tan solo una palabra en un diccionario, un atributo misterioso y discreto del paisaje. Incluso el zumbido de los insectos es uniforme. Empiezo a oír lo mismo que Onoda, ese zumbido que no es agresivo ni alarmante. Oigo el murmullo de un riachuelo a lo lejos aunque todavía no lo he visto, como si empezara a interpretar los ruidos como hace él.

Lubang, confluencia Wakayama

21 DE FEBRERO DE 1974

Bajo el tupido techo de la selva hay un río estrecho. El agua clara fluye sobre las rocas planas. Por la izquierda, al pie de las empinadas laderas cubiertas de vegetación, recibe las aguas de un arroyo. El paisaje se ensancha bajo la confluencia. Bambús, palmeras, juncos altos. En la zona donde convergen los dos arroyos se extiende un banco de arena plano. Onoda lo cruza caminando de espaldas para que sus huellas conduzcan a un posible perseguidor en la dirección equivocada. Reconoce una pequeña bandera nipona a través de los juncos que se mecen lentamente. Onoda levanta con cautela sus gastados binoculares, en los que se notan los años en la selva. Pero ¿todavía tiene binoculares? ¿No se habían vuelto inservibles hace mucho tiempo por culpa de un hongo?

¿O es que Onoda simplemente es inconcebible sin binoculares? El viento de la tarde hace ondear y aletear la bandera. La tela es tan nueva que se pueden ver con claridad las dobleces.

Junto a la bandera hay una tienda de campaña recién estrenada, como las que usan los turistas los fines de semana. Onoda se incorpora con cautela. Ve a un joven agachado en el suelo, de espaldas, intentando encender un hornillo portátil. Está solo. En la entrada de la tienda hay una mochila de plástico. Cuando el joven alarga la mano hacia ella en busca de un cortavientos para proteger el fuego, se le ve la cara: es Norio Suzuki.

Onoda sale con brusquedad de su escondite. Suzuki se levanta sobresaltado, sin perder de vista el fusil que lo apunta directamente.

—Soy japonés... Soy japonés —acierta a decir cuando al fin recupera el habla.

—De rodillas —le ordena Onoda. Suzuki se arrodilla despacio—. Quítate los zapatos y tíralos lejos de ti.

Suzuki obedece. Las manos le tiemblan ligeramente y le cuesta aflojar los cordones.

—Estoy desarmado. Esto es solo un cuchillo de cocina. —Onoda hace caso omiso del cuchillo en el suelo. Suzuki lo aparta con cuidado—. ¿Es usted Onoda? ¿Hiroo Onoda?

—Sí, soy el teniente Onoda.

Onoda dirige el cañón del rifle contra el pecho de Suzuki con un gesto estoico, impenetrable. Al mismo tiempo, el rostro del joven se ilumina.

—¿Estoy soñando? ¿Es real lo que veo?

La luz del día ha dado paso a la noche. Onoda y Suzuki están agachados junto al fuego, a cierta distancia de la tienda. Las cigarras nocturnas empiezan a cantar. Onoda ha escogido una posición que le permite escudriñar el entorno con su atenta mirada. Es receloso, siempre está alerta y sigue encañonando a Suzuki con el rifle. Deben de llevar un rato hablando. Después de una pausa, Suzuki retoma la conversación.

—¿Cómo voy a ser un espía americano? Solo tengo veintidós años.

Onoda no se deja impresionar.

—Cuando vine aquí para luchar en la guerra, yo era solo un año mayor que tú. Cualquier intento de disuadirme de mi misión era una artimaña de los espías enemigos.

—No soy su enemigo. Mi única intención era conocerle.

—Otras personas han venido a la isla vestidas de civil, con todos los disfraces imaginables pero con un objetivo común: neutralizarme, hacerme prisionero. He sobrevivido a ciento once emboscadas. Me han atacado una y otra vez. No soy capaz de contar cuántas veces me han disparado. Todos en esta isla son mis enemigos.

Suzuki no dice nada. Onoda mira en la dirección donde aún queda un poco de luz en el cielo.

—¿Sabes cómo se ve un proyectil disparado contra ti bajo la luz del atardecer?

—No. La verdad es que no.

—Tiene un brillo azulado, casi como una bala trazadora.

—¿De veras?

—Si el arma está lo bastante lejos, lo ves venir directamente hacia ti.

—¿Y nunca lo han alcanzado? —pregunta Suzuki, admirado.

—Una vez estuvieron a punto de darme, pero rodé por el suelo y el proyectil pasó de largo.

—¿Las balas silban?

—No, suenan como una vibración. Un zumbido profundo.

Suzuki está impresionado.

Una voz se inmiscuye. El cielo nocturno centellea a lo lejos. La voz canta una canción.

—¿Quién es ese? —Suzuki no ve a nadie.

—Es Shimada, el cabo Shimada. Murió aquí.

—A principios de los cincuenta, ¿verdad? Conozco la historia. En Japón la conoce todo el mundo.

—Murió hace diecinueve años, nueve meses y quince días. Aquí, en la confluencia Wakayama, en una emboscada.

—¿Wakayama? —pregunta Suzuki—. Es un nombre japonés.

—Al principio, cuando empezó nuestra lucha en Lubang, mi batallón decidió ponerle ese nombre en honor a la prefectura donde nací.

Las cigarras se animan y sus chirridos llenan el ambiente. Ahora son ellas las que llevan la voz cantante. Suzuki reflexiona durante un buen rato. Ahora las cigarras cantan a pleno pulmón, todas al unísono, estridentes, como una muchedumbre indignada.

—Señor Onoda.

—Teniente.

—Teniente, pues. Prefiero que vayamos directos al grano.

Suzuki calla. Onoda le roza suavemente el pecho con el cañón del rifle, pero no para amenazarlo, sino para indicarle que avive el fuego.

—Si no eres un espía, ¿quién eres?

—Me llamo Norio Suzuki. Antes estudiaba en la Universidad de Tokio.

—¿Antes?

—Lo dejé.

—Nadie renuncia a estudiar en la mejor universidad del país porque sí.

—Me asusté al ver todo mi futuro extendiéndose ante mí, como una carrera. Vi todos los pasos que me conducirían hasta la jubilación.

—¿Y qué? —Onoda no lo entendía.

—Quería disfrutar de unos años de libertad antes de sacrificar toda mi vida en ser un oficinista.

—Continúa.

—Empecé a viajar haciendo autostop. He estado en cuarenta países.

—¿Qué es «autostop»?

—Consiste en detener a los coches y pedirles que te lleven. Sin rumbo. Hasta que encontré mi objetivo.

—¿Y cuál es?

—En realidad tengo tres. El primero era encontrar al teniente Onoda, es decir, a usted.

—A mí nadie me encuentra. Nadie lo ha conseguido en veintinueve años.

Suzuki se siente alentado.

—Pues yo llevo aquí dos días y ya lo he encontrado.

—He sido *yo* quien me he topado contigo y te he encontrado, y no al revés. Si te hubiera visto más preparado para afrontar el peligro, probablemente te habría matado.

Suzuki no lo tenía claro. No respondió.

—¿Y cuáles son tus otros dos objetivos?

—Encontrar al yeti...

—¿A quién?

—Es el monstruo del Himalaya. El abominable hombre de las nieves, que tiene el cuerpo cubierto de pelo. Han encontrado sus huellas, existe de verdad. Y mi otro objetivo es ver a un oso panda en su hábitat natural, en las montañas de China. En ese orden: Onoda, yeti, panda.

Por primera vez vemos un atisbo de sonrisa en el rostro de Onoda. Asiente con la cabeza, animando a Suzuki a continuar.

El joven se envalentona.

—La guerra terminó hace veintinueve años.

El rostro de Onoda permanece impertérrito. Se niega a ver la realidad.

—Es imposible.

—Japón se rindió en agosto de 1945.

—La guerra no ha terminado. Hace unos días vi un portaaviones estadounidense acompañado de un destructor y una fragata.

—En dirección este —deduce Suzuki.

—No trates de engañarme. Sé lo que vi.

Suzuki se mantiene firme.

—Verá, teniente. La mayor base naval de Estados Unidos está ubicada en el Pacífico, en la bahía de Súbic. Es donde recalan todos los buques de guerra.

—¿Junto a la bahía de Manila? Está a tan solo noventa kilómetros de aquí.

—Sí.

—Esa base ya existía al comienzo de la guerra. ¿Cómo tienen acceso a ella los barcos estadounidenses?

—Estados Unidos y Filipinas son aliados.

—¿Y los aviones de combate y bombarderos que veo constantemente?

—Vuelan a la base aérea de Clark, al norte de la bahía de Manila. ¿Me permite una reflexión, teniente? Si ha visto unidades de tal envergadura, ¿se ha preguntado por qué no atacan y toman por sorpresa la isla de Lubang? A fin de cuentas, Lubang es la puerta de acceso a la bahía de Manila.

—Desconozco los planes del enemigo.

—No hay ninguno, porque la guerra terminó.

Onoda se debate en una lucha interna. Luego se levanta despacio, da un paso hacia Suzuki y apunta el cañón del rifle entre sus cejas.

—Dime la verdad. Ahora es el momento.

—No temo a la muerte, teniente. Aunque sí lamentaría morir a sabiendas de que estoy diciendo la verdad.

Esta noche será la más larga de todas las noches. Onoda, profundamente conmocionado, se debate entre dudas e intuiciones. En el exterior, sin embargo, no muestra ninguna emoción.

¿Bombas atómicas en dos ciudades japonesas? ¿Cien mil muertos de una tacada? Un arma que tiene algo que ver con la energía liberada durante la división de los átomos. ¿Cómo es posible? Suzuki carece de los conocimientos técnicos necesarios para explicarlo. Ahora hay otros países que también tienen esa bomba. Existe un arsenal tan potente que podría matar a todos los habitantes de nuestro planeta, no una o dos veces, sino mil doscientas cuarenta veces. Para Onoda esto es incompatible con la lógica de la guerra, con la lógica de toda guerra concebible, incluidas las del futuro.

Onoda quiere saber qué sucedió después de que supuestamente lanzaran las bombas sobre Japón. Suzuki vuelve a explicarle que eso ocurrió en agosto de 1945 y que Japón se rindió de manera incondicional. El emperador se dirigió a la nación mediante un discurso radiofónico. Nadie había escuchado su voz antes. También declaró que no era un dios viviente. Para Onoda, esto es tan disparatado que lo toma como prueba de que

Suzuki está allí con la misión de engañarlo. Así pues, vuelve a encañonarlo con el fusil.

—La verdad es que la guerra no ha terminado, lo que pasa es que ha cambiado de escenario.

Pero Suzuki no cede.

—Alemania perdió la guerra en el oeste y se rindió meses antes que Japón.

—No —insiste Onoda—. La guerra continuó, se sigue librando en el oeste. Vi pruebas que lo demuestran.

—¿Pruebas? ¿Qué pruebas?

—Un escuadrón tras otro de aviones de combate estadounidenses sobrevolando la isla. Justo aquí, en esa dirección. Hacia el oeste.

—¿Cuándo?

—Durante años.

—¿Y en qué momento empezó a verlos?

—En 1950. Bombarderos y transportes de ropas, buques de guerra.

—Eso era la guerra de Corea.

—¿La guerra de Corea? ¿Qué guerra es esa? Corea nos pertenece.

—Los comunistas nos expulsaron de Corea. Luego, Estados Unidos declaró la guerra a los comunistas.

—Y la perdieron, obviamente.

—Solo a medias. Hoy en día, Corea está dividida en dos: el norte es comunista y el sur, capitalista.

Onoda tiene que hacer un esfuerzo por procesar tanta información de golpe.

—Pero yo seguí viendo aviones de combate.

—¿De qué clase? ¿Y cuándo los vio?

—También volaban hacia el oeste. Bombarderos estadounidenses que pasaban justo por encima de mi cabeza, a partir de 1965. Cada vez había más, volaban en enormes formaciones. Y también flotas enteras, cada vez más grandes y numerosas. ¿Aún pretendes hacerme creer que la guerra terminó?

—Esa fue la guerra de Vietnam.

—¿Cómo?

Onoda se reclina. La noche será larga. Las cigarras, que ignoran por completo qué es la guerra y qué es la paz, y cómo y quién pone nombre a las guerras, intensifican su monótono chirrido. Esta es ahora su guerra y quizá también sus negociaciones de paz, que entendemos tan poco como ellas a nosotros. La luna. Las primeras luces del día que despunta la vuelven aún más pálida, una estrella sin otro significado, desde siempre, desde antes incluso de que existieran los humanos.

Como si de un acuerdo tácito se tratara, Onoda y Suzuki la miran al mismo tiempo.

—El hombre ha llegado a la luna —dice Suzuki en voz baja, procurando dosificar las noticias impactantes.

—¿Cuándo? ¿Cómo?

—Hace menos de cinco años. Usaron cohetes y cápsulas espaciales para proteger a los astronautas. Aunque me duela admitirlo, los astronautas eran de Estados Unidos, nuestro antiguo enemigo.

—Estados Unidos sigue siendo nuestro enemigo.

—En realidad, ya no. Incluso vinieron a nuestros Juegos Olímpicos.

—Sé lo de los Juegos —dice Onoda.

—¿Cómo se enteró? —pregunta Suzuki, sorprendido.

—En varias ocasiones, los servicios secretos enemigos han lanzado sobre la isla periódicos japoneses meticulosamente falsificados. Algunos parecían creíbles, pero su único propósito era sacarme de la selva. —Onoda hace una larga pausa—. Continuaré mi guerra. He luchado durante treinta años y me quedan muchos más.

—¿Y qué hay de las noticias que acabo de...?

—Reflexionaré acerca de ello —lo interrumpe Onoda.

—¿Qué tendría que ocurrir para que depusiera las armas? —le pregunta Suzuki en voz baja.

Onoda reflexiona.

—Todos los folletos que han lanzado desde los aviones pidiéndome que me rindiera eran falsos. Y puedo demostrarlo. —Parece decirlo más para convencerse a sí mismo que a su inesperado visitante—. Únicamente me rendiría bajo una condición. Solo una.

—¿Cuál? —pregunta Suzuki.

—Si uno de mis superiores viniera aquí y me diera la orden militar de poner fin a todas las hostilidades, entonces me rendiría. Solo entonces.

Suzuki coge la idea al vuelo.

—Intentaré traer a alguien. Pero al oficial que venga, quienquiera que sea, se le deberá restituir antes el rango. Según la nueva Constitución, Japón tiene solo un ejército muy pequeño y exclusivamente defensivo. —Suzuki empieza a echar cuentas—. Llegaré a Tokio dentro de dos o tres días. Una vez allí, necesitaré otros diez días para hacer las gestiones oportunas. Podría estar de vuelta en tres semanas.

Onoda reflexiona brevemente.

—Suena realista.

Suzuki se apresura a proponer:

—Si le parece bien, volveremos a encontrarnos aquí, en este punto exacto. Traeré a uno de sus superiores. No habrá tropas filipinas, nadie más. Solo él y yo.

Onoda le responde en tono formal:

—Acepto. Pero si intentas engañarme, abriré fuego contra ti y tu acompañante sin previo aviso.

Ambos hombres cierran el trato con una breve reverencia, sin estrecharse la mano. No se tocan. Suzuki se siente optimista.

—¿Me permitiría tomarle una fotografía?

—No —dice Onoda—. Solo si ambos salimos juntos.

Suzuki empieza a buscar su cámara de inmediato. Como no ha traído el trípode, la deja apoyada sobre la mochila. De un salto, se reúne de nuevo con Onoda, que está agachado a dos metros de la cámara.

—Ahora se disparará el flash. No se imagina el revuelo que causará esta fotografía en todo el mundo.

—Sujétame el rifle —dice Onoda—. Así tendrás la prueba de que confío en ti.

El flash ilumina a los dos hombres. Onoda le lanza a Suzuki una mirada severa.

—En parte. Al menos en parte.

Aeródromo de Lubang

El aeródromo es pequeño, el asfalto gastado y agrietado no se ha reparado en años. Al fondo se ven algunos edificios planos con tejados oxidados de chapa ondulada, en diversos grados de abandono. Más allá del aeródromo, el mar abierto; al norte, bajo la bruma, la pequeña isla de Cabra. Se ve un transporte de tropas nipón anclado cerca de la costa. Los botes de desembarco, pequeños y lentos, llevan a los soldados japoneses a bordo. Hay un batallón de soldados cansados en formación. En sus uniformes aún se aprecian restos del lodo de la selva y algunos llevan botas de goma, que solo pueden ser de la población nativa. Mientras marchan hacia los botes de desembarco, pasan junto a dos aviones de combate gravemente dañados que han sido despejados de la pista de aterrizaje.

El comandante Taniguchi y Onoda, treinta años más joven, están a la sombra de un hangar vacío. Onoda, en posición de firmes, recibe órdenes de su superior. El comandante le habla en tono formal:

—Teniente Onoda, le transmito las órdenes del cuartel general.

Onoda se pone aún más firme.

—Listo para recibir sus órdenes, mi comandante.

—Usted es el único hombre aquí con entrenamiento en estrategias de guerra secretas, en tácticas de guerrilla.

—Sí, mi comandante.

—Sus instrucciones son las siguientes —dice Taniguchi—: Tan pronto como nuestras tropas se hayan retirado de Lubang, su misión será conservar la isla hasta que regrese el ejército imperial. Defenderá este territorio con tácticas de guerrilla, cueste lo que cueste. Tendrá que tomar todas las decisiones por sí solo. No recibirá órdenes de nadie, así que todo depende de usted. A partir de ahora no habrá más reglas que las suyas propias.

Onoda no revela emoción alguna.

—Sí, mi comandante. Entendido.

—Solo habrá una regla —continúa Taniguchi—: No se le permite morir por su propia mano. Si cae en manos del enemigo, es preferible que le dé información falsa.

El comandante le indica por señas que lo siga al interior del hangar, casi vacío. Todo aquí es provisional. No hay aviones japoneses esperando ser reparados, solo montones desordenados de provisiones y material militar. Los dos hombres se acercan a una pared con varios mapas pegados, uno de los cuales corresponde a la isla de Lubang. El comandante lo señala.

—Aunque la retirada aún no se haya completado, tiene usted dos misiones estratégicas que debe cumplir de inmediato. Primera: se le entregará todo el material explosivo que quede en la isla y lo utilizará para destruir el aeródromo. Segunda: con los explosivos restantes, volará el muelle de Tilik. Ambos objetivos son puntos de acceso clave para el enemigo.

Onoda examina el mapa. La isla tiene una forma alargada. De punta a punta hay poco más de veinticinco kilómetros. La zona central es montañosa y está cubierta por la selva, sin caminos ni poblaciones. A unos ochenta kilómetros de Tilik, no muy lejos del municipio de Lubang, en la costa norte, se encuentra la bahía de Manila. El extremo suroeste de la isla, más allá de las montañas, es estrecho y plano, pero no tiene carreteras reconocibles. Solo hay un pequeño pueblo llamado Looc.

—Comandante —pregunta Onoda—, ¿de cuántos hombres dispondré?

—Formaremos una tropa para usted —responde el comandante—. Sin embargo, no hay nadie que tenga adiestramiento en tácticas de guerrilla. Y ningún superior suyo tendrá conocimiento de las órdenes que usted dará. Por tanto, no tendrá posibilidad de obtener distinción alguna.

—Yo no lucho por ser condecorado.

Los hombres guardan silencio.

—Mi comandante —dice Onoda.

—Pregúnteme lo que quiera ahora. Es su única oportunidad.

—¿Seré responsable solo de Lubang o de un territorio más amplio? ¿Qué hay de las islas más pequeñas del archipiélago, como Cabra, Ambil o Golo?

—¿Por qué lo pregunta?

—Esta isla no es especialmente grande y la selva solo cubre dos tercios del territorio. Es un terreno muy pequeño para librar una guerra de guerrillas.

—Pero Lubang es una isla clave a nivel estratégico —argumenta el comandante—. Si el ejército imperial regresa victorioso, será el trampolín que nos permitirá conquistar la bahía de Manila. Allí es donde el enemigo concentrará sus fuerzas.

La expresión de Onoda permanece impenetrable. El comandante quiere evitar que lo asalten las dudas.

—Operará desde la jungla. Su guerra será una auténtica guerra de desgaste. Escaramuzas desde distintos escondites. Será un fantasma intangible, la pesadilla perpetua del enemigo. La suya será una guerra sin gloria.

Lubang

Los recuerdos —tal vez solo sueños— de los primeros días son confusos, han cobrado vida propia. Son jirones que se modifican y reorganizan, escurridizos y caóticos como un sotobosque enmarañado y, sin embargo, revelan de dónde vienen y hacia dónde emprenderán el vuelo: un camión que transportaba tierra y leña hasta que lo confiscaron las tropas niponas se abre paso tortuosamente por un camino embarrado. El terreno es llano, está lloviendo. Es la parte norte de la isla. Plataneros mojados a derecha e izquierda; un poco más allá, cocoteros. Junto a una choza cubierta con hojas de palmera hay un par de búfalos de agua, tan quietos que parece que lleven semanas sin moverse. Onoda y otros seis soldados japoneses viajan acurrucados en la plataforma de carga del camión bajo una lona mojada, pesada y obstinadamente rígida. Bajo esta deficiente protección y arrimado al teniente Onoda se encuentra el cabo Shimada, un joven de veintipocos años. Unos aldeanos filipinos detienen el camión y les exigen que transporten un búfalo de agua enfermo, pero los soldados japoneses no lo permiten.

En el borde de la selva hay un depósito de munición de chapa ondulada, provisional, como si lo hubieran construido a toda prisa unos soldados en plena fuga. El viento sopla con virulencia. Aquí nacen las laderas de las colinas, densamente cubiertas por el bosque humeante. Los soldados japoneses saltan del camión y abren la ancha puerta, que consiste tan solo en un marco de madera con dos batientes de chapa oxidada. Bombas y granadas se amontonan en la penumbra. Una furiosa ráfaga de viento arranca la puerta de la mano de un soldado y la proyecta contra la choza con tanta fuerza que se rompe en mil pedazos. Una única hoja de chapa ondulada queda colgando del marco, suelta. La tormenta la hace cantar.

Onoda está furioso, pero controla su rabia. ¿O quizá ese momento se plasmó así en su memoria al recordarlo a posteriori? Justo al lado de la munición hay algunos barriles metálicos colocados sin ton ni son, abollados y maltratados. Onoda examina el contenido de uno de ellos con una sonda de bambú.

—Shimada, estos barriles están llenos de gasolina. La munición y el combustible nunca deben almacenarse juntos. ¿Quién es el responsable de esto? —Shimada se encoge de hombros—. Ya nadie respeta las reglas más elementales del ejército. —Onoda levanta la voz para que todos puedan oírlo—: De ahora en adelante, yo soy el responsable. Todos somos responsables en igual medida. Somos el ejército.

Shimada echa un vistazo a su alrededor.

—Ya lo entiendo, teniente. Somos un ejército de siete hombres.

Shimada, que se crio en una granja, encuentra rápidamente una solución para cargar las bombas más grandes, que pesan más de quinientos kilos.

—Verá, teniente. Una vez, en casa, rescatamos de un pantano un buey que pesaba casi media tonelada —asegura.

Bajo su dirección, construyen rápidamente con el tronco de un árbol un brazo elevador que pivota sobre varios barriles atados entre sí. Amarran una bomba de gran calibre al brazo más corto de la palanca y la levantan para cargarla en la parte trasera del camión. Al llegar al aeródromo con los explosivos, Onoda discute con el teniente Hayakawa, el oficial al mando, quien se niega a prestarle hombres de su batallón para que lo ayuden a colocar las bombas en el aeródromo.

—Las unidades en retirada utilizan la pista de aterrizaje orientada al océano como ruta para evacuar todo el material militar pesado —explica brevemente.

Además, Hayakawa quiere asegurarse de que el aeródromo permanezca intacto hasta que la fuerza aérea imperial recupere el control del espacio aéreo. Pero Onoda, condenado al silencio, tiene órdenes diferentes, secretas.

—Si no lo destruimos por completo, el enemigo recuperará este aeródromo —dice— y podrá volver a utilizar las pistas de aterrizaje. ¿Sabe que se ha dado la orden de evacuar Lubang?

Hayakawa se refugia en la propaganda:

—Nuestra gloriosa fuerza aérea necesitará este aeródromo más adelante. Solo nos estamos retirando temporalmente a mejores posiciones.

Lubang, Tilik

Se respira inquietud en la noche. El muelle de Tilik se adentra unos setenta metros en la bahía. Onoda y sus hombres están ocupados colocando los cartuchos de dinamita y otros explosivos en los postes que aguantan el muelle mientras, encima de ellos, unos soldados japoneses desorientados intentan encontrar en la oscuridad botes para ser evacuados. Solo algunas linternas iluminan la noche con sus haces erráticos. Los soldados suben a los barcos de pesca amarrados, pero no hay nadie que los maneje. Finalmente, un bote de desembarco recoge a muchos de los soldados que merodean por el muelle. La retirada del ejército nipón es precipitada y caótica.

Onoda ha ordenado atar explosivos en los postes cada diez metros. El cabo Shimada conecta las cargas a los cables, pero también toma la decisión pragmática de colocar detonadores independientes porque no confía en la estabilidad de la corriente eléctrica. Sostiene la linterna entre los dientes. Un oficial se da cuenta de lo que pretenden y se encara con Onoda.

—Si no me equivoco, van a volar el muelle.

—Es exactamente lo que me propongo, capitán —responde Onoda.

—Deténgase. Es una orden.

—Tengo órdenes especiales —replica el teniente sin alterarse.

El oficial se mosquea.

—¿No se da cuenta de que nuestros hombres necesitan este muelle? Probablemente mañana llegarán más y seguirán acudiendo aquí durante un par de días. En el interior de la isla hay unidades que han perdido el contacto con nosotros.

Onoda reflexiona brevemente.

—Las órdenes que recibí me permiten ser algo flexible. Pero el enemigo no tardará en llegar. Tan pronto como nuestras tropas hayan abandonado la isla, volaré el muelle.

Al alba, Onoda aparca el camión a las afueras de Tilik. Recoge todo lo que es importante para él: cajas de municiones abandonadas con cartuchos de rifle, granadas de mano, sacos de arroz que ha encontrado en una cocina de campaña... Al lado hay una gran carpa. Las lonas laterales están enrolladas y permiten ver a algunos soldados que yacen en catres muy sencillos. Onoda acaba de percatarse de que es un hospital de campaña. Uno de los hombres se levanta y pide que le dejen explosivos. La mayoría de los heridos graves quiere suicidarse antes de caer en manos del enemigo.

—¿No os van a evacuar? ¿Quién os recogerá? —pregunta Onoda.

—Nadie —responde el herido.

—¿Nadie?

—Nos han abandonado. Ayer todavía vinieron dos sanitarios que se fueron al caer la noche, supuestamente para atender a los heridos de

Tilik. Pero sabemos que no ha habido combates allí ni en sus alrededores en toda la semana.

—A pesar de su grave herida, el soldado se incorpora en el catre—. Sé detonar bombas.

—Te dejaré parte de mi cargamento —decide Onoda tras una breve reflexión—. ¿Estás en condiciones de lanzar una granada de mano?

—Si deja la munición apilada a mi lado, no tendré que arrojarla muy lejos —asegura el soldado.

A partir de aquí, los recuerdos de Onoda se difuminan. Lo único que recuerda claramente es que no pudo destruir el aeródromo de Lubang. Todas las unidades están en su contra, nadie le asigna soldados, sobre los que, de todos modos, no tendría ninguna autoridad: ni la unidad de radares ni la de reconocimiento aéreo, ni la tripulación de tierra de los aviones ni el grupo responsable de las fuerzas navales, donde ya no queda ningún oficial al mando. Pero entonces se le ocurre que puede ser el propio enemigo quien destruya el aeródromo. Junto con algunos hombres reacios de la tripulación de tierra, remolca hasta la pista de aterrizaje los dos aviones de combate medio destruidos y usa el material rudimentario que tiene a su alcance para taparlos de modo que, vistos desde el aire, parezcan aviones listos para despegar.

—Nuestra estrategia debería haber ido en esa dirección hace tiempo —argumenta.

Para el teniente Hayakawa, es una táctica deshonrosa.

—Lucharé por nuestro emperador y lo haré en un combate honorable.

—¿Cómo? —pregunta Onoda, pero Hayakawa no cree que tal muestra de cobardía sea digna de respuesta.

Durante los largos años que vendrán, Onoda se defenderá una y otra vez como las criaturas de la naturaleza: volviéndose invisible como las mariposas que se mimetizan con la corteza de los árboles, como los peces que adaptan su color a los guijarros del lecho del río, como los insectos que simulan ser hojas o como las arañas que, cual diabólicos arpistas de una irresistible melodía, tocan las cuerdas y hacen temblar la telaraña de una especie enemiga exactamente como si un insecto hubiera caído en ella, atrayendo así a la dueña de la trampa, que, intrigada, se dirige sin saberlo hacia su perdición. O la serpiente de cascabel, que distrae al conejo del peligro mortal con su sonajero. O el pez de aguas profundas, que despierta la curiosidad de los peces más pequeños con una señal luminosa y los atrae hacia sus fauces. ¿Y cómo se protegen las criaturas de la naturaleza? Haciéndose el muerto, como el escarabajo que yace de espaldas. O con sus espinas, como los cactus y ciertos árboles o animales: puercoespines, erizos y peces que se llenan de pinchos y se hinchan hasta ser demasiado grandes para ser devorados. También existen los que se protegen con su veneno, como las avispas, las ortigas o las serpientes; las que sueltan descargas eléctricas, como las anguilas; los que desprenden sustancias químicas malolientes, como las mofetas; o los que expulsan un velo opaco de tinta, como el calamar. Engaño, estratagema, mimetismo: son los elementos que Onoda quiere aprender de la naturaleza, ya sean honorables o deshonrosos, siempre subordinados al beneficio de la guerra y al objetivo de su lucha. En lugar de atacar de frente esgrimiendo una bandera quiere hacerse invisible, convertirse en una pesadilla intangible, en una bruma a la deriva preñada de peligro, en un rumor. Quiere convertir la selva en algo más que una selva, en un paisaje rodeado de un aura de peligro, un lugar donde la muerte siempre está al acecho.

Onoda y Shimada aparcan el camión por última vez junto al improvisado hospital de campaña. La situación allí sigue siendo desesperada. El herido a quien Onoda le ha dado la granada de mano para que hiciera detonar la munición está semiinconsciente. Varios pares de ojos los siguen en silencio desde los catres. Onoda maniobra con el camión junto al hospital. Él y Shimada se cargan unas pesadas mochilas a la espalda y agarran sus rifles. Onoda lleva al cinto una espada samurái que pertenece a su familia desde el siglo xvii. Hasta ahora la ha conservado cuidadosamente en todos sus lugares de destino. Ambos soldados se despiden de los heridos con un saludo militar y desaparecen con gran sigilo en la selva, adentrándose en las montañas que nacen aquí.

Selva de Lubang

Onoda y Shimada se han envuelto en unos jirones de vela previamente manchados de barro para camuflarse y están agazapados en la selva, entre la densa vegetación de una ladera. Por la noche, los truenos distantes de la artillería y las explosiones aisladas les llegan a oleadas, como el mar reptando por la arena de una playa escarpada. Las ráfagas de munición trazadora rasgan la oscuridad con sus haces de luz. Una gran hoguera late como un gran animal respirando brasas. Onoda aparta una rama húmeda.

—Tilik. Tal y como lo predijimos. Es la invasión.

Shimada duda en decir la verdad, pero a partir de ahora la verdad será lo más fácil, aunque esta cambiará y cobrará vida propia.

—No destruimos el muelle.

Onoda calla un momento antes de responder:

—Me siento muy avergonzado. Pero eso no cambiará nada.

Shimada intenta decir algo consolador:

—Ante un ataque tan grande y abrumador como parece que es este, podemos dar por sentado que los estadounidenses habrían llegado aquí de todas formas, con o sin muelle, con o sin la resistencia de nuestras tropas.

Al día siguiente, Onoda y Shimada suben a la cima de los montes Gemelos. La pálida línea del océano queda a su izquierda, a lo lejos. Aquí, las unidades niponas han cavado una trinchera lo bastante grande para dar cobijo a una docena de hombres. Algunos soldados están agazapados apáticamente en el suelo, desaseados, desmotivados. Cerca hay una tienda de campaña deshabitada. Hay cajas de municiones desparramadas por todas partes, un saco de arroz desgarrado, utensilios de cocina; todo dispuesto sin ton ni son.

—¿Quién está al mando? —pregunta Onoda.

—Nos han dejado solos. Y yo ya me iba —responde un soldado. Acto seguido, coherente con sus palabras, sale de la trinchera.

Él también tiene un plan: se dirige a Looc, en el extremo sur de la isla. Desde esa cima han visto maniobras importantes en el mar, en dirección este, hacia Manila. Si bien es cierto que el desembarco enemigo en Tilik se ha visto reforzado con un número considerable de tropas, a los invasores estadounidenses solo les interesa el norte, donde se encuentran los municipios de Lubang y Tilik. Onoda, sin embargo, está convencido de que tomarán la isla entera. Pero el soldado echa a andar, y otros dos hombres salen de la zanja embarrada y lo siguen. Onoda no logra detenerlos. Los soldados se niegan a obedecerle y se marchan. Los hombres restantes se agazapan en la trinchera y evitan mirar a Onoda a los ojos. El teniente lanza una pregunta a las espaldas encorvadas: ¿Cómo van a ofrecer resistencia desde aquí? Se presentará un gran ejército apoyado por artillería, lanzagranadas y ametralladoras, sin olvidar que contará con el respaldo de las fuerzas aéreas estadounidenses. Uno de los soldados se vuelve hacia él.

—Al contrario: el apoyo vendrá de nuestras fuerzas aéreas imperiales.

Onoda ya ha tenido suficiente. Desenvaina la espada y apunta a la selva.

—Seguidme. Es la única forma de continuar la guerra. Nadie sobrevivirá aquí, ni tampoco en el sur.

Se adentra en la selva por la zona más tupida. Nadie lo sigue salvo Shimada. Las hojas se mueven por un momento y, después, el muro verde los engulle.

Lubang

El tiempo, la selva. La selva no reconoce el tiempo, como si apenas tuvieran nada que ver el uno con el otro, como dos hermanos que se han distanciado y solo se comunican con palabras desdeñosas. Los días siguen a las noches pero, en realidad, no hay estaciones; la mayoría de los meses llueve mucho y, los demás, llueve menos. Como una constante eterna y atemporal, todo en la selva estrangula el resto de las cosas para captar la luz del sol, y las noches oscuras que se alternan con los días apenas alteran el presente abrumador e implacable de la jungla. Cantos de pájaros y el chirrido de las cigarras, como si un gran tren hubiera activado los frenos de emergencia y se deslizara durante horas por las vías sin detenerse. Luego, como instruidas por un director misterioso, enmudecen de repente, todas a la vez. El coro contiene la respiración, asustado. Onoda y Shimada se agachan al mismo tiempo entre la maraña de hojas. Los pájaros también se han callado. ¿Una advertencia? ¿Un peligro inminente? Nada se mueve. Después, las cigarras emiten de nuevo su potente chirrido, al unísono, con una precisión que solo se desacompasa una fracción de segundo.

Shimada se atreve a susurrar:

—Sé dónde está escondido el almacén de arroz.

—¿En el monte de la Serpiente? —pregunta Onoda.

—No, un poco más lejos, junto al Quinientos. —Shimada conoce el lugar exacto—. Espero que todavía quede algún saco.

El Quinientos es el mirador ideal, una de las colinas más altas de Lubang. A diferencia de cualquier otra elevación de la isla, no está cubierta por la selva. La joroba que sobresale parece una cabeza redonda y calva, pues aquí la hierba solo crece hasta media altura. Desde la cima se abarca todo el norte y el oeste de la isla. Onoda y Shimada pasan mucho tiempo quietos, escondidos en el bosque contiguo. Algo se agita debajo de ellos, en la linde del bosque. Se oye un ruido. Aguardan con la paciencia de los animales salvajes, tan incomprensible para los humanos pero tan natural para un gato que se encuentra en terreno descubierto. Y Onoda ahora es un animal, un animal moteado. Con los binoculares observa inmóvil la selva que se extiende frente a él. Luego se los pasa a Shimada, en una especie de cámara lenta en la que un simple gesto parece durar minutos o semanas, como si los binoculares crecieran pacientemente en una mano hasta alcanzar la otra. ¿O son solo segundos extraños, nunca antes percibidos, que parecen durar meses?

Campos llanos en el norte de la isla, arrozales, cocoteros, algunas pequeñas aldeas, cada una con cinco o seis chozas que se aguantan sobre postes y tejados de hojas de palmera. Las explosiones retumban a lo lejos. En la punta norte, la costa está cubierta de bruma, con una capa de neblina más oscura encima claramente diferenciada. Shimada descubre fuego en el aeródromo. Le devuelve los binoculares a Onoda. A partir de ahora se comunican entre susurros. Onoda no revela ninguna emoción.

—Los estadounidenses han bombardeado la pista que necesitaban para sus aviones —susurra—. Es una victoria. Nuestra primera victoria.

Animados, los dos soldados abandonan su escondite, Onoda siempre en el borde de la jungla para cubrir a Shimada, quien avanza con cautela por terreno desprotegido. Alcanza un montón de ramas secas de palmera que va retirando poco a poco. Los contenedores de metal están escondidos debajo; todos vacíos excepto el último, que está lleno de arroz. Al lado hay cajas de madera con munición, varios miles de balas de fusil y cinturones con cartuchos para ametralladoras. Los hombres vuelven a esconder cuidadosamente el almacén. Onoda examina el arroz, sostiene unos granos al sol en la palma de la mano. Sin humedad ni moho. Pero nota un temblor en los árboles cercanos. La mano de Onoda también tiembla. Más que eso, se estremece como un caballo sacudiéndose las moscas.

Aunque no sopla el viento, los granos de arroz se le caen de la mano. Luego, una onda expansiva y, después de unos segundos que se hacen eternos, una violenta explosión a lo lejos. Onoda comprende enseguida que proviene del hospital de campaña. No cabe duda de que los heridos se han inmolado. Onoda y Shimada se inclinan solemnemente en la dirección de la explosión y guardan un largo y respetuoso silencio.

Entonces, los hombres reanudan la marcha y se adentran en las décadas que los aguardan. A menudo caminan de espaldas para que sus huellas apunten en la dirección incorrecta. Un poco más adelante se encuentran con otros dos soldados japoneses tumbados en el suelo, con los rifles cargados. Onoda y Shimada se ponen a cubierto de inmediato. Al verlos, uno de los soldados cree que les han mandado refuerzos y se levanta de un salto. La respuesta es inmediata: varias ráfagas de fuego lo derriban y probablemente lo matan. Su compañero comete el mismo error y corre en zigzag hacia Onoda, quien abre fuego sobre el enemigo invisible. Parece un milagro que el soldado haya resultado ileso. Se lanza entre Onoda y Shimada en una pequeña depresión en la linde del bosque. Se oyen voces de soldados estadounidenses, aparentemente en retirada. La jungla les parece demasiado peligrosa. Onoda evita que el recién llegado vaya en busca de su compañero. Un muerto solo sería una carga.

—¿Quién eres? —le pregunta.

—El sargento Kozuka.

—¿Y tu compañero?

—El cabo Muranaka.

—Soy el oficial al mando. Si tu compañero sigue vivo, lo llevaré a un lugar seguro. Cúbreme.

Onoda deja la mochila y desenvaina la espada. Cual samurái enfurecido, salta y corre en un ataque ritual contra el enemigo, que ha abandonado el lugar de la emboscada. Onoda alcanza al hombre que yace boca abajo y le da la vuelta. Está muerto.

Es de noche. Los soldados, que ahora son tres, avivan una pequeña hoguera en un recoveco del bosque, escondida entre gruesas ramas. Onoda está serio y callado.

—Mi ataque con la espada ha sido de cine, me he sentido como si estuviera actuando en una película de samuráis. Un error imperdonable. Ahora la guerra es diferente, las heroicidades no tienen cabida en nuestra misión. Debemos ser invisibles, engañar al enemigo, estar preparados para hacer cosas aparentemente deshonrosas sin olvidar el honor del soldado, que sigue latente en nuestro corazón.

Los hombres han hervido un puñado de arroz. Comen. Callan. Entonces Kozuka les cuenta que él formaba parte de la guarnición del aeródromo y que eran siete hombres en total. Cuatro más se unieron a ellos, pero se separaron horas después. No tenían comandante. Onoda quiere saber cómo fue la emboscada.

—Nadie esperaba que el enemigo viniera del sur —dice Kozuka—. Debieron de aterrizar allí desde el mar.

Se sentían seguros hasta que los atacaron. Él y Muranaka fueron los únicos que se salvaron subiendo a un terreno elevado.

—¿Quiénes murieron? —quiere saber Onoda—. ¿Los conozco?

—Ito, Suehiro, Kasai...

—A Kasai lo conozco —dice Onoda.

—Le dispararon en la cabeza. Después Osaki y, ahora, Muranaka. Éramos amigos del colegio.

Los hombres vuelven a callar. Kozuka tiene tanta hambre que rasca el fondo de la olla vacía con el dedo. Lleva tres días sin comer, desde que abandonaron el aeródromo. Onoda quiere saber qué pasó en el aeródromo después y dice que lo vieron arder en llamas.

—Los cazas estadounidenses atacaron sin encontrar resistencia por nuestra parte y abatieron un par de aviones destartalados —informa Kozuka.

—Fui yo el que los puse allí —interviene Onoda.

—Así que fue usted quien engañó al enemigo...

Onoda no sonríe.

—Ellos mismos destruyeron una base que necesitaban para futuros ataques.

Kozuka vacila antes de continuar:

—En realidad no destruyeron la pista de aterrizaje.

—¿Qué quieres decir?

—No bombardearon el aeródromo.

—¿Qué pasó entonces?

—Solo dispararon a los aviones cebo con ametralladoras. La pista está prácticamente intacta.

Onoda no dice nada. Al cabo de un rato mira a su nuevo compañero directamente a los ojos.

—He perdido el honor. Primero, el muelle de Tilik, que aún no ha sido destruido. Y ahora, el aeródromo. En adelante, todo tendrá que ser inmediato: atacar al enemigo, infligirle pérdidas, batirse en retirada.

Kozuka se une sin más rodeos al pequeño escuadrón, ahora formado por tres hombres.

—En Lubang, todo el mundo sabe que sus superiores boicotearon la misión de destruir el muelle de Tilik. Aún podemos hacer muchas cosas. Nosotros tres podemos luchar contra el enemigo de muchas formas. ¿Cómo nos encontrarán? Los estadounidenses son demasiado torpes patrullando y le tienen miedo a la jungla.

Los hombres han acampado en la espesa maleza. De noche, mientras Kozuka ronca de manera irregular, Onoda se acerca con sigilo a Shimada, que está montando guardia. Consideran brevemente si les conviene mantener al recién llegado con ellos. Pero saben que es fuerte y que, además, ya no tiene unidad ni objetivos. Onoda cree que aún tiene que demostrar su valía. A la mañana siguiente, el soldado parece haber desaparecido. Pero cuando Onoda le pregunta a Shimada por él en voz baja, ambos oyen la voz de

Kozuka. Está apostado cerca de allí, camuflado con hojas como si se hubiera fusionado con la selva. Además, ha encontrado agua a poca distancia del campamento y la ha puesto a hervir en una cacerola, tapada con una hoja de platanero. Casi todos los hombres que habían dejado la guarnición con él tuvieron diarrea tras beber agua de los arroyos. En los años venideros, la lucha por la salud será determinante. A menos que beban el agua de la lluvia directamente de las grandes hojas, siempre tendrán que hervirla.

Lubang, cerca de Tilik

Están en el lugar donde se encontraba el hospital de campaña. Onoda y sus dos camaradas inspeccionan cuidadosamente la zona. La aldea de Tilik, ocupada por los estadounidenses, no está lejos. Ya no queda ni rastro del hospital, pero Onoda ve una imagen grotesca en la copa de un árbol: una bota atrapada en una rama por los cordones. Es del ejército nipón. Los soldados salen de su escondite y, cuando se acercan, descubren algo que les hiela la sangre en las venas. Están al borde de un gran cráter. Al fondo hay agua encharcada. No queda nada: ni carpa, ni cadáveres, ni siquiera miembros sueltos; todo se ha vaporizado, la materia se ha transformado directamente en calor. Los tres soldados hacen una reverencia silenciosa.

73

Onoda sabe que, para sobrevivir, deberán aventurarse en zonas desprotegidas para aprovisionarse. La jungla no da nada. La necesidad de encontrar víveres los hace vulnerables. Sus incursiones deben ser rápidas y precisas, precedidas por una paciente observación de la situación. En la llanura son visibles para el enemigo, y solo están parcialmente seguros de noche o bajo la lluvia torrencial. Cuando cae la noche, los soldados se cuelan en un palmar y se sorprenden al ver a una niña con un cachorro que pasa caminando a poca distancia de su escondrijo. Pero la pequeña va cantando y no los ve. El perro ladra en dirección a Onoda, pero sigue a su dueña mientras ella acelera el paso porque la lluvia arrecia de nuevo.

Recogen los cocos que encuentran esparcidos por el suelo, todavía envueltos en la gruesa cáscara verde. Por la noche, en su escondite, los soldados intentan abrirlos. Kozuka prueba con el cuchillo, Onoda los pincha con la bayoneta, pero todo es en vano. Estas cosas no se enseñan en la academia militar. Es Shimada quien encuentra una solución: coloca el coco boca abajo sobre una roca plana y golpea la punta de la cáscara con una piedra grande. El grueso caparazón se abomba y la fibrosa cáscara verde se deja retirar fácilmente con un cuchillo.

—Ya veo que el chico de la granja conocía la solución al problema —dice Onoda.

—No la sabía —bromea Shimada—, se me ha ocurrido pensando. En la granja donde me crie no había palmeras.

Por primera vez, un momento de distensión. El peso de las próximas décadas los borrará todos, incluido este. Se oye un ruido. Los hombres se quedan inmóviles. Kozuka se señala la oreja y hace un leve gesto con la cabeza: ahí, debajo de nosotros. Onoda coge el rifle con cuidado. ¿Se acerca alguien? Ya no se mueve nada, solo las gotas de lluvia en las ramas.

—Cúbreme —le pide Onoda a Kozuka, moviendo los labios en un susurro apenas audible. Se levanta de un salto, corre como una exhalación.

Una breve pelea entre la maleza, justo debajo del campamento. Un grito, una voz japonesa desconocida.

—Soy uno de vosotros. Soy amigo, japonés. ¿Quiénes sois?

—¿Y quién eres tú? —le grita Onoda.

—Akatsu, el cabo Akatsu. Pertenecía al personal de tierra del aeródromo comandado por el caporal Fujitsu.

—¿Por qué no estás con tu unidad?

—¿Y dónde está tu arma? —interviene Shimada—. Aquí solo necesitamos hombres armados.

Akatsu se disculpa.

—Nuestra retirada fue tan precipitada que no pude llevármela.

—Un soldado no es nadie sin su arma —le reprende Onoda—. Es parte de su cuerpo. Llevo una pistola de repuesto en la mochila, pero apenas me queda munición.

Shimada, sin embargo, es más hostil con el recién llegado.

—¿Por qué no vuelves con tu unidad?

—Porque ya no existe. Los pocos que quedaban han abandonado la isla. —Se quita las gafas—. No veo nada en la oscuridad, soy casi hemerálope. —Limpia los cristales con el pañuelo que lleva al cuello—. Y, cuando llueve, las gafas se me empañan. Por favor, dejad que me quede con vosotros.

Durante la larga velada, Onoda y sus dos hombres escuchan la historia de Akatsu. Las provisiones empezaban a escasear en su unidad y la poca comida que quedaba desaparecía poco a poco. Akatsu estaba seguro de que algunos de sus compañeros robaban. Intentaron desviar las sospechas hacia él. Querían deshacerse de Akatsu porque los había descubierto. Lo expulsaron dos veces, pero siempre regresaba a su unidad porque era incapaz de sobrevivir solo. Luego, gran parte de su escuadrón marchó imprudentemente hacia un vivac de soldados filipinos, que abrieron fuego en el acto. Cinco hombres cayeron, algunos se rindieron; el resto, más de cuarenta, consiguió llegar a un bote de desembarco. Akatsu y otros dos hombres que, como él, habían sido expulsados de la unidad resultaron ilesos, pero sus compañeros los abandonaron durante la noche siguiente. El enemigo trató de persuadir a los fugados para que se rindieran, anunciando en japonés a través de los altavoces un lugar donde podrían entregarse, pero Akatsu no supo encontrarlo.

—Akatsu —pregunta Onoda—, ¿sabrías decirnos dónde está el norte?

Akatsu mira a su alrededor, desconcertado. No podría ni con toda la voluntad del mundo.

—Kozuka, ¿dónde está el norte? —le pregunta ahora Onoda a su compañero.

Kozuka señala en una dirección con la cabeza y Shimada lo confirma asintiendo. Onoda saca la pistola de su mochila y se la da a Akatsu.

—¿Sabes disparar con una pistola?

Akatsu parece avergonzado.

—Sí. Bueno, no. Más o menos.

—Tendré que enseñarte —dice Onoda, y así es como admiten temporalmente a Akatsu en el pequeño grupo.

Tras pasar la noche apretados en la tienda, que es demasiado pequeña para cuatro hombres, Onoda decide abandonarla: demasiado equipaje y es fácil que el enemigo la distinga. A partir de ahora no podrán volver a tomarse un descanso de varios días seguidos. Onoda siempre está en movimiento, a veces incluso de noche. Akatsu tiene dificultades para seguirles el ritmo, a menudo pierde de vista a los que andan delante de él. Se disculpa ante Onoda.

—Hago todo lo que puedo, teniente, pero nunca había estado en la jungla.

—Ninguno de nosotros había estado nunca en la jungla —replica Onoda, tajante. Pero siente lástima por Akatsu, cuyos pies están ensangrentados porque lleva unas botas que no son de su número.

—Esto es un infierno verde —dice Akatsu con resignación.

—No —responde Onoda—. Solo es un bosque.

Lubang, mirador de Looc

Aquí, la jungla desciende abruptamente. La llanura de Looc se extiende desde este punto hasta la costa sur. Cocoteros, arrozales; uno de ellos, aislado. No forma parte del mismo sistema de riego que los demás. Es el arrozal de la mujer del velo blanco. Neblina. La pequeña ciudad de Looc apenas se distingue en la vasta bahía arenosa. No se ve ninguna conexión por carretera con la parte norte de la isla. No hay barcos en la bahía, como si las tropas estadounidenses nunca hubieran desembarcado aquí. A lo lejos, la isla de Golo y, al este, la de Ambil, ambos terrenos inútiles, al igual que Lubang fue y vuelve a ser terreno inútil. Solo tiene valor en planes de despliegue abstractos y poco realistas, y su paradoja es que está habitada por fantasmas. Onoda y sus hombres vigilan.

La brisa sopla a través de la selva. Hilos de telarañas pasan volando delicadamente y, con ellos, se esfuman los meses, que no tienen nada a lo que agarrarse, ni una rama temblorosa ni una gota de lluvia. No pasa nada, solo algunos suspiros.

Meses después: otra vez el mismo lugar, la misma pequeña tropa, vigilando inmóvil la llanura que se extiende bajo el mirador. Onoda y sus tres soldados han cambiado, se camuflan mejor, tienen el pelo desgreñado y se han embadurnado la ropa, el material y las botas con barro para ocultarse. Se han convertido en parte de la jungla. Onoda le indica a Akatsu que recoja agua de un pequeño arroyo justo debajo de su posición y, mientras está demasiado lejos para oírlos, sus tres compañeros discuten qué hacer con él. Shimada está indeciso, pero Kozuka es partidario de abandonarlo. En el fondo, todos quieren librarse de él, pues cuatro hombres con una carga permanente son más débiles que tres. Pero Onoda tiene otra opinión. Aunque Akatsu sea una carga, sigue siendo un soldado como los demás.

—¿Tú me abandonarías si enfermara? —le pregunta a Kozuka, quien se apresura a asegurarle que a él, a su teniente, lo llevaría a cuestas si fuera necesario.

Al oír el ruido lejano de un pequeño aeroplano que se acerca desde el pueblo de Looc, los hombres se quedan muy quietos, como si fueran parte de la vegetación. Onoda observa el avión con los binoculares. De repente, cuando se acerca a ellos, en el punto donde la selva empieza a ascender, lanza algo parecido a una carga de confeti que se dispersa con el viento.

Hace mucho que Akatsu debería haber regresado de la tarea que se le ha encomendado, por lo que sus tres compañeros comienzan a preguntarse qué puede haberle ocurrido. ¿Se habrá perdido? ¿Se habrá asustado al oír el avión? Finalmente, cuando empieza a anochecer, se oye un crujido en la maleza. Akatsu se identifica antes de que los demás abran fuego contra él. Se disculpa por haber derramado un poco de agua al ponerse a cubierto del avión. Se ha dado cuenta de que la carga que han lanzado desde el aeroplano eran folletos. Ha visto uno atrapado en un árbol no muy lejos de él, ha trepado por el tronco para recuperarlo y lo han atacado las hormigas rojas. De hecho, tiene las manos hinchadas y los ganglios linfáticos, bajo las axilas, inflamados y endurecidos. Le ha subido la fiebre, pero ha encontrado el camino de regreso porque, tomando Looc como punto de referencia, que está en el sur, siempre ha sabido dónde estaba el norte y dónde se encontraba el grupo. Intenta sacar el folleto doblado del bolsillo del pecho, pero tiene los dedos tan hinchados y doloridos que necesita la ayuda de Onoda. El papel está confeccionado con material barato y contiene un texto escrito en japonés.

Los hombres lo estudian con detenimiento. Está firmado por el general Yamashita, del decimocuarto regimiento, con fecha de 15 de agosto. La guerra ha terminado, dice.

—Pero si ya estamos en octubre —argumenta Kozuka con sensatez—. Y aquí no pone quién ha ganado.

Y hay algo más, una cosa que pronto cohesionará las razonables dudas aisladas y las aglomerará en una única verdad compacta: en algunos de los caracteres hay faltas y errores. Onoda es el primero en darse cuenta. Se supone que todos los soldados japoneses deben salir de la jungla hasta «zonas *deprotegidas*» y entregar las armas al ejército filipino. El término suena como una mala traducción de alguien cuya lengua materna no es el japonés. Y otro error más: «Os *transferiremos* a vuestro hogar, en Japón». La única conclusión clara que se puede sacar es que el folleto es una falsificación y que probablemente lo haya escrito alguien de los servicios secretos del bando aliado. Los errores de impresión quedan descartados, aunque el carácter japonés para *llevar de vuelta* o *devolver* se parezca al de *transferir*. La pregunta es por qué la fuerza aérea enemiga todavía los persigue y por qué las unidades de tierra filipinas mataron a unos soldados japoneses en una emboscada, como en el caso de Akatsu. A pesar de todo, Akatsu expresa sus dudas: ¿y si fuera cierto que la guerra ha terminado? Pero en Onoda se refuerza la convicción de que todo esto solo puede ser un truco para sacarlo de la jungla.

—¿Y si fuera verdad que hemos perdido la guerra? —insiste Akatsu, titubeante.

Pero Onoda sigue firmemente convencido de que las tropas niponas regresarán algún día victoriosas a Lubang. La isla tiene un gran valor militar y, desde aquí, Japón luchará inexorablemente hasta recuperar su dominio sobre el Pacífico. Nada lo hará desistir de la misión que le encomendaron.

Hay una larga pausa. Shimada mastica una liana. Kozuka talla un trozo de madera. Onoda mira alrededor.

—¿Hay alguien aquí que quiera rendirse? —Mira fijamente a Akatsu—. Dejaré que te vayas si así lo deseas. No estás obligado a nada.

Akatsu quiere saber qué opinan los demás.

—Si usted sigue luchando, teniente, yo me quedo.

—¿Y tú, Kozuka?

—Coincido.

Onoda se vuelve de nuevo hacia Akatsu.

—¿Qué vas a hacer?

—También me quedo. ¿Adónde iba a ir yo solo?

La fe casi religiosa de Onoda en la falsificación y la ignorancia del enemigo se ve reforzada pronto con otro folleto en el que se menciona la prefectura de Wakayama, su lugar de origen, como si quisieran ablandarlo con la nostalgia. La prueba definitiva del engaño es que hay una referencia a su batallón con el antiguo nombre, que cambiaron pocas semanas antes de la retirada estratégica de los japoneses. Onoda no sabe decir exactamente por qué, pero el nuevo nombre sonaba más valiente, más victorioso:

—«La Cuna de las Tormentas». Teníamos que alcanzar al enemigo como un tifón y barrerlo por completo.

A partir de aquí, algo empieza de forma casual, como si un nuevo compañero se hubiera juntado discretamente con ellos, un hermano natural del sueño que comparte con él todos sus rasgos: un tiempo amorfo del sonambulismo, aunque todo el presente —la jungla, el barro, las sanguijuelas, los mosquitos, los chillidos de los pájaros, la sed, el picor de piel— sea real, directo, tangible, escalofriante e irrefutable. El sueño tiene un tiempo propio que transcurre con rapidez hacia delante o hacia atrás, vacila, se para, contiene el aliento, salta bruscamente como un animal desprevenido que se asusta al verte. Un pájaro nocturno grita y ha pasado un año entero. Una gota sobre la hoja cérea de un platanero capta un efímero rayo de sol y ha pasado otro año. Un camino de millones y millones de hormigas aparece de la noche a la mañana, surgido de la nada, y se arrastra entre los árboles sin que nadie sepa dónde empieza y dónde acaba; la procesión desfila imperturbable durante días y luego desaparece con la misma brusquedad y misterio, y ha pasado un año más.

Después, una guardia nocturna interminable bajo la presión de una potencia enemiga superior que ha tendido emboscadas alrededor. Solo los fogonazos repentinos de las balas trazadoras y el día que ya no quiere regresar, aunque la manecilla del reloj avance y puedas ver el cielo nocturno girando en torno a la estrella polar. El día no llega y no llega y no llega. El tiempo que transcurre fuera de nuestra vida parece tener las características de un ataque sorpresa incapaz de sacudir al universo, hacerlo reaccionar y sacarlo de su indiferencia. La batalla de Onoda no tiene sentido para el universo, el destino de los pueblos, el curso de la guerra. La batalla de Onoda está formada a partir de la unión de una Nada imaginaria y un sueño, pero la batalla de Onoda, engendrada de la Nada, es un acontecimiento grandioso, arrebatado a la eternidad.

Jungla de Lubang, río Agcawayan

NOVIEMBRE DE 1945

En las montañas, con su exuberante vegetación, el río es solo un arroyo claro que baja en cascadas por los cantos rodados; en la llanura, entre el pequeño pueblo de Agcawayan y la aldea Diez Casas, el río se vuelve perezoso, pantanoso y ancho. Onoda y sus soldados lavan la ropa sin desnudarse del todo, siempre preparados para un imprevisto. Kozuka está de guardia. La chaqueta del uniforme de Onoda está muy gastada. Tiene uno de los bolsillos de la pechera casi arrancado. Pero lo que más desgasta la ropa, además de las espinas, la maleza o el constante movimiento, es la podredumbre de la selva, esa humedad que todo lo descompone.

A poca distancia de Diez Casas hay una pasarela que cruza un pantano. Kozuka encuentra un chicle pegado a la parte inferior de la barandilla, hecha de cañas de bambú. Está mascado. La pregunta es quién lo ha pegado ahí: ¿un lugareño o un soldado estadounidense? Onoda y sus hombres saben que los nativos no mascan chicle, es decir que sería muy poco probable que fuera uno de ellos. Han observado que este curioso hábito es propio de los soldados estadounidenses. Entonces, ¿todavía hay aliados estacionados en Lubang? ¿Cuánto tiempo llevará el chicle pegado ahí? ¿Días? ¿Meses? ¿Cómo se comportan los chicles tras una larga exposición al clima tropical? En una inspección más cercana y con un poco de imaginación se intuye la marca de un molar y, justo al lado, la de otro diente ligeramente atrofiado. Todo apunta a una muela del juicio, pero ¿acaso los estadounidenses tienen muelas del juicio? ¿Son iguales que las demás personas? ¿Acaso sus voces no son más fuertes que las de otros humanos? ¿Es posible que hayan pegado el chicle ahí como cebo, para que los guerrilleros lo descubran y atraerlos así con una pista falsa?

¿Qué deberían hacer? Akatsu quiere mascar el chicle para probar la experiencia. ¿Qué se siente al mascar chicle? ¿Qué sienten los estadounidenses, si es que tienen sentimientos? Onoda ordena que el chicle se deje intacto en el lugar donde lo han encontrado.

Meses después, vuelve a encontrar el chicle en la misma pasarela, pero está absolutamente convencido de que se halla a un palmo de distancia de la última vez, y también parece más plano. El descubrimiento genera un largo debate entre los hombres, pero Onoda recuerda con detalle a qué distancia del poste estaba pegado el chicle bajo la barandilla de bambú. Esto solo puede significar una cosa: alguien cogió el chicle para volver a mascarlo y lo escondió de nuevo. Kozuka se lleva a Onoda aparte y le confía sus sospechas: ¿Podría ser que Akatsu hubiera probado el chicle en un momento de descuido? Y también: ¿Podría ser que el chicle estuviera envenenado o contuviera una droga que debilitara el cuerpo y la mente? O: ¿Podría ser que Shimada se lo hubiera llevado a la boca a escondidas y quisiera desviar las sospechas hacia Akatsu para deshacerse de él? Cuando le piden explicaciones, Akatsu niega haberlo tocado. Shimada, ante la misma pregunta, reacciona encerrándose en sí mismo durante días, profundamente ofendido. La unidad entre los hombres también se ve alterada a lo largo de mucho tiempo porque Onoda se niega a hacerle la misma pregunta a Kozuka, como si fuera el único más allá de cualquier duda.

Pero volvamos a retroceder en el tiempo: el escuadrón de Onoda se acerca con cautela a Diez Casas. Las pocas cabañas que forman la aldea están construidas sobre postes. Bajo la calma de la tarde, que lo cubre todo como un manto, se oyen las voces de los vecinos. Unas gallinas escarban la tierra enfrente de Onoda, imperturbables. Solo aparece un perro que ladra a los intrusos desde cierta distancia, aunque sin mucho entusiasmo. Onoda sale de su escondrijo de un salto y dispara hacia uno de los tejados de hojas de palmera, que se levanta de golpe. Las gallinas se dispersan aleteando. Dos o tres disparos más en rápida sucesión. Gritos de los aldeanos.

—¡Alto el fuego! —ordena Onoda—. Dejad que se vayan.

Cuando todos los aldeanos han desaparecido por el camino de Tilik entre una nube de polvo, Onoda y sus hombres inspeccionan las cabañas. El teniente no permite saqueos. Cuando ve a Kozuka a punto de meterse una lata de azúcar en la mochila, le recuerda que no son ladrones, sino soldados. Solo cogen un destornillador, alambre, un alfiler, cerillas y alimentos básicos, como el arroz. Shimada descuelga algo de ropa de un tendedero, como una toalla y otras prendas que les servirán para remendar los uniformes. Akatsu ha encontrado un gran cuchillo bolo. De repente, lo sorprende el ruido de un camión. Antes de que pueda verlo, ya le están disparando. Akatsu devuelve los disparos a ciegas con su pistola y Shimada también hace lo mismo en dirección al enemigo invisible.

—¡Alto el fuego! —grita Onoda, pero Shimada sigue disparando.

—¡Nos atacan!

Onoda le sujeta el brazo.

—Tienen miedo, pero ni siquiera nos ven. Solo hacen ruido.

Una bala arranca una rama que cae sobre Shimada y un agente de la policía rural filipina se pone a cubierto tras un carro cargado. Onoda le dispara. Él y sus hombres se retiran rápidamente. De vuelta en la jungla, el pequeño grupo avanza apresuradamente. Akatsu se está quedando rezagado. Cuando Kozuka hace el gesto de llevarle la mochila, Onoda se lo prohíbe. Cada hombre tiene que llevar su propia carga. Se aparta del camino embarrado y se adentra en el corazón de la empinada jungla.

Selva de Lubang,
monte de la Serpiente

Los hombres han esparcido el botín sobre un pedazo de vela. Todo es importante para su supervivencia. Sobre el campamento improvisado flota una sensación de alivio. La tarde cae sobre la jungla. Los fósforos, sin embargo, se han humedecido. Shimada explica a los demás que ya no se podrán utilizar. Aunque se secaran al sol, ya no se encenderían. Kozuka, asombrado, le pregunta cómo lo sabe. Shimada le responde que se crio en una granja.

Cuando anochece, Onoda les indica cómo deben dormir a partir de ahora. Se arrastra bajo un arbusto, el terreno está ligeramente inclinado.

—Buscad una ladera empinada. Así, cuando se acerque un enemigo, lo veréis sin necesidad de levantaros. Tened el arma cargada al alcance de la mano. Debéis dormir siempre tapados con una vela embadurnada y las piernas en alto, sobre la mochila. Así no resbalaréis ladera abajo. La mochila debe estar preparada y vosotros, listos para desaparecer en pocos segundos. Enterrad inmediatamente vuestros residuos y excrementos con ramas y hojas. Nadie debe encontrar el menor rastro de nuestros campamentos. No deben saber nunca dónde pasamos la noche ni en qué dirección nos desplazamos. —Los hombres no responden, lo han entendido. Después, Onoda vuelve a aclarar la cuestión de la jerarquía—: No soy vuestro comandante. Oficialmente, nadie os ha asignado a mi mando. Pero soy vuestro guía.

A la mañana siguiente, los hombres reparan la ropa y el material. Kozuka, que ha desmontado el rifle, descubre que todas las piezas están cubiertas por una fina capa de óxido. La humedad de la jungla lo ha penetrado todo. Onoda desenvaina cuidadosamente la espada, donde también se ha formado una pátina de óxido. Hay cocos por doquier, pero ¿cómo obtener aceite? Nadie lo sabe, ni siquiera Shimada. El intento de exprimir la pulpa blanca de un coco entre dos grandes piedras no da resultado. Kozuka, sin embargo, se acuerda de un cocinero que había trabajado en un restaurante italiano en Europa y acabó viviendo al lado de la pequeña zapatería de su familia. El hombre le habló una vez del aceite de oliva italiano virgen extra. Onoda quiere saber qué tiene que ver eso con los cocos. Kozuka recuerda su conversación con el cocinero: el aceite virgen extra es más caro porque las aceitunas no están cocidas. Eso significa que el aceite de oliva se obtiene mediante el calor.

Pasarán semanas antes de que los soldados consigan destilar aceite de coco. Primero confiscan una cacerola grande de un pueblo, luego trituran la pulpa del coco, mezclan el puré resultante con agua y lo calientan a fuego vivo. Como la humareda es visible desde lejos, tienen que hacerlo un día en el que la jungla está cubierta de bruma. Primero se forma una espuma espesa y, cuando se asienta, se transforma en una capa de aceite que se puede retirar con cuidado. A partir de entonces, Onoda mantendrá el rifle y la espada de su familia en excelentes condiciones durante casi treinta años. En cuanto a la munición, que también está expuesta a la corrosión, la guardan sumergida en aceite en tarros para conservas —que también forman parte del botín— y la entierran en la jungla. Hay un total de dos mil cuatrocientos cartuchos de rifle, centenares de balas para pistola y otros cientos de cartuchos de gran calibre para ametralladoras. Onoda insiste en no tirarlos, pues pronto les serán útiles para las hogueras. A fin de cuentas, ¿cómo van a encender fuego si no disponen de un suministro constante de cerillas secas? Muchos de los intentos de obtener brasas con yesca, haciendo girar rápidamente un palo entre la palma de ambas manos sobre un trozo de madera seca, no logran generar suficiente calor. Onoda aprendió a hacerlo en su entrenamiento en tácticas de guerrilla, pero aquí todo está impregnado de humedad.

Tendrán que pasar varios meses hasta que un día, mientras observan agazapados a unos leñadores filipinos con los binoculares, descubran el método con el que los isleños encienden fuego al aire libre: parten a lo largo un tronco de bambú del grueso de un brazo en dos mitades y, con unas cuñas, anclan una de las dos mitades transversalmente al suelo, como un riel. En la otra mitad, tallan con cuidado una ranura muy superficial. Dos hombres, arrodillados uno frente al otro, agarran la mitad que no está calzada, la colocan sobre el riel usando la hendidura a modo de guía y la empujan adelante y atrás con rápidos movimientos. La presión y la fricción generan tanto calor que, al final, consiguen encender una pequeña bolita de bambú raspado. Cuando llueve o hay mucha humedad, Onoda agrega pequeñas cantidades de pólvora de los cartuchos para ametralladoras, que no les sirven para nada más.

Después de frotar vigorosamente durante un breve rato, surge una pequeña llama.

Durante una retirada, Akatsu, que iba un poco rezagado, desaparece. Onoda envía a Kozuka a buscarlo, pero no lo encuentran. Llueve a cántaros. El barro cubre los pies de los hombres, que se han refugiado bajo un gran árbol. Mosquitos, sanguijuelas. Ni siquiera las grandes hojas que cuelgan sobre sus cabezas pueden evitar que la lluvia los empape. El ruido, tremendo, monstruoso, obliga a todos a callar; a los hombres, a la naturaleza.

Lubang, cumbre del Quinientos

FINALES DE 1945

Akatsu lleva dos días desaparecido, por lo que Onoda, Shimada y Kozuka buscan un nuevo lugar donde enterrar la munición para que su compañero no pueda revelar dónde está si cae en manos del enemigo. De todos modos, los árboles cercanos al terreno pelado del Quinientos son un escondite más adecuado para el arsenal porque desde la selva hay buenas vistas de la cumbre despejada de la colina. El enemigo solo se atrevería a aventurarse aquí si contara con una abrumadora superioridad. Onoda vuelve a engrasar la espada y envuelve la vaina y la empuñadura con rota antes de empujarla verticalmente en el hueco de un árbol. Después, oculta con gran cuidado el escondite con tierra y hojas.

Akatsu reaparece de repente en mitad de la

jungla, en el sendero que conduce a la colina. Se siente infinitamente aliviado de haber vuelto a encontrar a los suyos, aunque haya dejado un claro rastro en el camino. Dice que se descolgó del grupo porque se le rompió una correa de la mochila y les muestra la reparación improvisada que tuvo que hacer con la corteza de una liana. Se perdió y, cuando estaba a punto de llegar a Tilik, se percató de su error. Regresó al monte de la Serpiente, pero ya no encontró el campamento y se limitó a merodear sin rumbo por la jungla. Akatsu dejará definitivamente la unidad cinco años más tarde, a principios de 1950, y se entregará a los soldados filipinos.

A mucha distancia, oyen una lluvia de disparos dirigidos en su contra acompañados de explosiones amortiguadas de granadas. Han seguido el rastro de Akatsu, pero Onoda no se deja engatusar. Solo usas un lanzagranadas si conoces la posición exacta del enemigo. Esto no tiene ningún objetivo más allá de hacer ruido; es una señal de miedo, una forma de demostrar a la población local que la policía tiene bajo acoso a los guerrilleros japoneses. El silencio sería más peligroso. La isla de Lubang es tan pequeña que permite tender emboscadas simultáneamente en varios puntos, redes enteras de emboscadas. A lo largo de casi treinta años de guerra solitaria, Onoda sobrevivirá a un total de ciento once emboscadas.

Solo tres meses después de la rendición de Akatsu, Onoda y sus dos compañeros ven un camión cargado con grandes cajas de madera maniobrando bajo la colina Seiscientos, que domina la aldea de Gontin y la bahía de la aldea Una Casa. Las cajas contienen altavoces. Captan fragmentos de una voz que llega de lejos, difíciles de entender, pero claramente en japonés. Después de escuchar con atención, los hombres están de acuerdo en que debe de ser Akatsu asegurándoles que lo han tratado con respeto. Pero también cabe la posibilidad de que estén utilizando un imitador de voz. Onoda sospecha que lo han torturado para obligarlo a hablar. El mensaje, probablemente grabado, se va repitiendo y asegura que los filipinos permitirán que Akatsu regrese a su casa, pero Onoda está cada vez más convencido de que es una artimaña más del enemigo para persuadirlo de que se rinda. Igual que el viento disipa el humo, una ráfaga de aire se lleva la voz. Y, poco después, se perfilan los indicios de que la guerra continúa. Las maniobras aéreas y navales sugieren que los combates se han trasladado al oeste. Pero esa ya debía de ser la siguiente guerra de Estados Unidos.

Arrozal en la llanura norte de Lubang

Aquí, los arrozales se extienden hasta casi el borde de la jungla. Unos búfalos de agua retozan en un estanque, sumergidos hasta el lomo en el agua fangosa. De vez en cuando, uno de ellos mueve las orejas. En un camino de tierra hay un búfalo solitario enganchado a un carro de dos ruedas. Tiene la cabeza gacha, como si estuviera durmiendo de pie. Un pequeño grupo de arroceros vestidos únicamente con grandes sombreros de paja, camisas y taparrabos trabajan agachados, con las piernas hundidas en el agua hasta las pantorrillas. Si alguien da un paso adelante, se oye un leve chapoteo. De lo contrario, no hacen el menor ruido y trabajan en silencio, como si fueran mudos. Sin decir palabra, plantan los plantones frescos de arroz en el lodo sumergido en agua. Salvo la menguante luz del día, no hay ningún indicio del paso del tiempo, como si estuviera prohibido: ni siquiera parece existir un presente real, porque cualquier gesto hecho ya forma parte del pasado y cualquiera que sea inmediatamente posterior es futuro. Aquí, todos están fuera de la Historia, que, en su discreción, no permite el presente. El arroz se planta, se cosecha, se vuelve a plantar. Los reinos se evaporan en la niebla. Silencio. De repente, unos disparos rompen la quietud de la eternidad. Los campesinos huyen.

Onoda y sus dos soldados salen del borde de la jungla. Cada uno sabe qué debe hacer. Onoda dispara otro tiro a los hombres que huyen; Kozuka, sin miramientos, le mete una bala en la cabeza al búfalo que descansa frente al carro y Shimada se pone a cortar inmediatamente las patas traseras del animal asesinado con rápidos movimientos. Lo tienen bien ensayado, lo han hecho muchas veces. Kozuka corta largas tiras de carne a lo largo de la columna. Nadie viene a atacarlos desde la lejana aldea. Los búfalos de agua que retozan en el barro, aburridos, no se inmutan. Una vez han terminado, los soldados se retiran, cargados con su pesado botín. Además del cargamento de carne que llevan sobre las mochilas, Onoda lleva la pata trasera del búfalo en brazos, como si estuviera transportando a un hombre herido a un lugar seguro. Saben que pronto anochecerá, y ni siquiera un grupo bien armado se atrevería a seguirlos hasta la jungla.

—Nuestro mejor aliado es la niebla —comenta Onoda mientras echa más leña a la hoguera humeante para avivarla.

La niebla invade toda la jungla, cae una ligera llovizna. Solo la niebla puede ocultar el humo y, por tanto, su ubicación. Shimada va echando a las brasas trozos de corteza que tiñen de blanco el humo oscuro, exactamente del mismo color que la niebla. Tiras de carne para ahumar cuelgan de una estructura improvisada. En un clima cálido y húmedo, la carne sin tratar se pudriría en uno o dos días. Algunas veces es carne y otras, cocos o arroz. Onoda asalta las cosechas y suele confiscar dos sacos de arroz, nunca más. No quiere que le envíen demasiados soldados enemigos, procura mantener la isla libre de tropas filipinas todo el tiempo que sea posible. El ejército imperial no debe encontrar demasiados obstáculos a su regreso.

Una noche, durante una incursión al centro de Tilik, se ven envueltos en un intercambio de disparos. Hay heridos en el ejército filipino y Shimada recibe un tiro en la pierna izquierda que tardará tiempo en curarse. A partir de entonces, el número de enemigos aumenta significativamente y la presión sobre los tres soldados japoneses que no pudieron ser capturados es más asfixiante. En los lugares por los que es probable que Onoda acabe pasando siempre hay emboscadas y breves escaramuzas. El teniente se mueve con la cautela de un animal salvaje. Las empinadas laderas cubiertas de vegetación son bastante seguras, pero en toda la isla ya no queda ni un solo punto de abastecimiento de agua que esté fuera de peligro. Pero también hay momentos en los que Onoda sale con brusquedad de la jungla y dispara al aire sobre las cabezas de los aterrorizados aldeanos, solo para mostrarles que sigue allí, que todavía mantiene la isla de Lubang militarmente ocupada. Se convierte en un mito. Para los lugareños, es el fantasma del bosque y solo hablan de él en susurros. Para el ejército filipino, que no logra capturarlo, es un recordatorio constante de su ineptitud, pero al mismo tiempo los soldados se refieren a él con el afecto que se profesa a una mascota. Dos soldados son amonestados por haber apuntado deliberadamente muy por encima de la cabeza de Onoda en un encontronazo con él. Sin embargo, también hay víctimas mortales entre las fuerzas filipinas y los lugareños. Onoda nunca ha entrado en detalles al respecto y tampoco hay información oficial por parte de las autoridades filipinas. En Japón, en cambio, todo el mundo está al corriente de su guerra solitaria gracias a la prensa, que habla del mito del soldado valiente y abandonado a su suerte pero, al mismo tiempo, mantiene viva una dolorosa referencia a la reciente derrota.

Lubang

Onoda y sus dos hombres están todo el día en movimiento y no dejan el menor rastro en ninguna parte. Solo pueden sentirse medio seguros en la temporada de lluvias, que dura tres meses. Es poco probable que les envíen tropas durante las lluvias torrenciales. Cada vez que llegan los tifones, Onoda construye un sólido refugio con troncos delgados que mantienen el suelo elevado. Siempre erige las cabañas en la zona más densa y escarpada de la jungla, y el techo, construido con ramas de palmera entrelazadas, no llega a cubrirlas del todo: el lado que da al valle siempre queda medio abierto para que en cualquier momento puedan ver a los enemigos que se acercan.

Desde arriba, el refugio está protegido por un canal de desagüe, en el que también desemboca una letrina que queda separada del techo. Los suministros de arroz, plátanos verdes y carne ahumada están protegidos en un nicho. Los tres hombres valoran especialmente estos meses de relativa calma. Los días transcurren sin sobresaltos, y los aprovechan para reparar el material y dormir sin interrupciones. Solo una vez, después de varios años, la lluvia cesa durante más de tres semanas y una tropa enemiga se acerca peligrosamente al escondite, aunque no llega a descubrirlo. Entonces, la lluvia regresa y dura varias semanas más de lo habitual. En la incertidumbre de todos los días, de todas las horas, las rutinas crean una frágil sensación de seguridad. Casi se podría decir que solo hay disputas entre los hombres cuando la incertidumbre planea sobre los ánimos. Onoda permite que discutan, por prudencia, hasta que la ira se aplaca por sí sola.

La temporada de lluvias es el momento de contar historias. Kozuka es un hombre reservado, sus compañeros apenas saben nada de él, de su familia, de su pequeña zapatería, de su joven esposa, que estaba embarazada cuando lo llamaron a filas. No deja de preguntarse si tuvo un niño o una niña, y no se imagina como padre de una criatura de diez años. Shimada es más abierto, ríe mucho, habla de la vida que llevaba en la granja y se desenvuelve muy bien en las tareas del día a día. Pero ninguno de ellos se cansa de escuchar las historias de Onoda, de su familia, de su juventud. Incluso cuando ya llevan años juntos, esas historias nunca se agotan porque Onoda sigue revelando nuevos detalles que nunca antes había mencionado. Sus camaradas saben que fue a trabajar a China siguiendo los pasos de su hermano mayor y, aunque era muy joven, ganó mucho dinero en la sucursal de una empresa de comercio en Hankou, pero no es hasta dos décadas más tarde cuando al fin confiesa, como si fuera lo más vergonzoso que hubiera hecho jamás, que a los diecinueve años tenía un Studebaker, un automóvil estadounidense. El joven Onoda fue la primera persona en China en conducir un Studebaker.

Shimada está intrigado.

—¿Les gustaba a las chicas?

Onoda reflexiona antes de responder:

—Les gustaba más el coche que yo.

Pero luego agrega en voz baja que una de aquellas muchachas debió de amarlo mucho. Tanto que, cuando él la dejó por otra, intentó suicidarse. Trataba a las mujeres con frivolidad, con sentimientos que, desde su perspectiva actual, denotaban falta de carácter. Kozuka quiere saber cómo se convirtió entonces en el soldado fiel a sus principios que cumple con firmeza su cometido en todo momento, día y noche, bajo la lluvia y el sol, tanto al atacar como al escapar de sus perseguidores. Onoda no está seguro. Probablemente fue después de su regreso a Japón, en especial cuando empezó a practicar las artes marciales. El punto de inflexión debió de ser el kendo, la esgrima con sables de bambú. Así fue como empezó a comprender el espíritu nipón y el ejército le abrió los ojos definitivamente. Del kendo había aprendido, sin embargo, que todos los conflictos bélicos debían reducirse a lo esencial, a un duelo con palos.

En sus conversaciones, los hombres debaten esta cuestión una y otra vez: ¿Cómo debería ser la guerra? ¿Cómo se podría reducir a la mínima expresión? ¿Luchando como lo hacen ellos, sin ejército, cañones, acorazados ni bombarderos? Pero ellos también usan armas de fuego y equipamiento militar. Gracias a su formación en tácticas de guerrilla, Onoda sabe que hubo un tiempo en que las armas de fuego, que ya estaban muy extendidas en Japón, se dejaron de utilizar casi de la noche a la mañana. Es su tema favorito, nunca se cansa de hablar de él. A principios del siglo XVII, sin ninguna resolución formal de por medio, los samuráis renunciaron a las armas de fuego y, a partir de entonces, volvieron los combates cuerpo a cuerpo con espadas; a lo sumo con lanzas, arcos y flechas, pero nada más. Todo empezó en 1603, en una gran batalla en la que solo veintiséis hombres lucharon con armas de fuego. Shimada objeta que, a pesar de todo, las armas de fuego estuvieron presentes, pero Onoda señala que, unos diez años antes, había habido una importante batalla campal con ciento ochenta mil guerreros en tan solo uno de los bandos y que está documentado que un tercio de ellos iba equipado con armas de fuego, es decir, unos sesenta mil hombres. No se sabe con tanta precisión cuántas armas de fuego usó el bando enemigo, pero se puede deducir que había más de cien mil mosquetes en total, además de cañones y espingardas. Por tanto, los veintiséis mosquetes que se contabilizaron diez años más tarde significaban la extinción casi total de las armas de fuego. Shimada quiere saber qué pasó después de eso. Las armas de fuego volvieron, dice Onoda. No se sabe exactamente cuánto tiempo duraron los combates sin rifles, pero poco a poco fueron regresando.

—A veces creo —dice Onoda— que las armas tienen algo innato que escapa a la influencia de los humanos. ¿Cobran vida propia una vez que se inventan? ¿Y la guerra en sí, acaso no tiene una especie de vida propia? ¿Sueña la guerra consigo misma? —Después, tras estar inmerso en sus pensamientos durante un buen rato, Onoda vuelve a decir algo que solo se atreve a expresar con mucha cautela, como si la idea fuera una vara de hierro al rojo vivo—: ¿Y si esta guerra también fuera solo un sueño para mí? ¿Es posible que esté herido en un hospital y, cuando al fin despierte tras varios años inconsciente, alguien me dirá entonces que solo fue un sueño? Que esta jungla, la lluvia, todo es un sueño. Que la isla de Lubang solo es un producto de la imaginación, que solo figura en las cartas náuticas inventadas de los primeros exploradores, en las que el mar está habitado por monstruos marinos y las personas tienen cabezas de perros y dragones.

Así van pasando los días. La lluvia cae sobre el refugio. El agua baja por las laderas arrastrando lodo, tierra y ramas arrancadas. Cuando la lluvia amaina, los hombres revisan la munición, que conservan en aceite de coco dentro de tarros de mermelada y fruta; y remiendan las botas y la ropa, apenas un vago recuerdo de los uniformes originales. Cocinan y comen y duermen, y duermen y comen y cocinan durante los monótonos días grises en los que cortinas de agua caen de las nubes; sumergidos en la niebla, en la humeante indiferencia de la naturaleza. Año tras año, Onoda saca la espada familiar de su escondite, la limpia y la engrasa con el mayor cuidado. Aunque viviera en un sueño producto de un delirio febril, este es el punto de referencia más tangible de algo que no se puede inventar, como un ancla arrojada a una lejana realidad.

Hasta que la realidad del mundo se impone de nuevo. Kozuka está enfermo, tiene sangre en la orina y Shimada le da un caldo de hierbas de la jungla. Su estado no mejora. De repente, Kozuka lo odia todo, la jungla, la lluvia, la guerra y el caldo, que se toma sin convicción. La munición también es un azote de realidad; no las balas en sí, sino los números, aunque sean intangibles. Al limpiar la munición y cambiar el aceite de coco, Onoda realiza un inventario anual. Para ello utiliza bastones de madera que extiende en el suelo y va moviendo. Es un sistema que él mismo inventó, una especie de ábaco personalizado que también le sirve de calendario. Quedan dos mil seiscientos cartuchos de balas para fusil, una media de cuarenta cartuchos anuales. Pero, a pesar de todas las precauciones, los cartuchos presentan signos de oxidación y, en los últimos años, algunos no han prendido. En teoría, la munición restante debería bastar para más de sesenta años, pero Onoda insiste en que deben usarla con cabeza. ¿Qué pasa si el enemigo de repente inicia una gran ofensiva contra ellos? ¿Y si encuentran alguno de sus arsenales ocultos? ¿Qué edad tendría él, Onoda, cuando disparase la última bala?

Lubang, margen de la selva

1954

La temporada de lluvias ha terminado. La selva humea. Millones de pájaros estallan en vítores. Los soldados observan el terreno. Onoda examina el borde de la jungla, donde esta se fusiona con la llanura. Sus binoculares han sufrido mucho por la humedad a lo largo de los años y un hongo lechoso que se extiende en abanico ha atacado las lentes. Pero incluso a simple vista se ve que el ganado se encuentra cerca de la selva, en un prado donde crece hierba fresca. Más allá comienzan los campos de arroz. Shimada se alegra de que su presa esté casi a su lado. Así, no tendrán que arrastrar la carne muy lejos.

Una vaca pasta a menos de diez metros del borde de la selva. Los soldados están al acecho, bien escondidos. Observan inmóviles los alredededores. No detectan nada sospechoso. Finalmente Shimada, impaciente, sale de su escondite cubierto por gruesas hojas y se acerca a la vaca, apuntándole la cabeza con el rifle. De repente, se desata el infierno, fuego desde ambos lados; una emboscada preparada con gran cuidado. Astillas de ramas salen volando de los arbustos de los que proceden las balas. Shimada abre fuego a diestro y siniestro, devuelve los disparos, pero recibe una bala en la cabeza y se desploma como un árbol serrado. Onoda y Kozuka disparan salvajemente. En el caos, dos soldados filipinos abandonan a toda prisa su refugio. Uno de ellos es herido por Onoda y su compañero lo arrastra de vuelta a la maleza. Onoda tiene problemas con el rifle porque hay un cartucho que no prende. El oponente ya se retira. Después de pensarlo un momento y cubierto por Kozuka, Onoda se acerca hasta Shimada de un salto, pero nada más verlo se da cuenta de que no puede hacer nada por él, pues ya está muerto. Onoda, enfurecido, envía un tiro al interior de la densa jungla, por donde el enemigo ha desaparecido.

Lubang, costa oeste

1971

Hace veintiséis años que la guerra ha terminado. La mañana se eleva sobre la isla, indiferente. El sol sale ofreciendo un espectáculo rojo y naranja. Se aprecian cortinas de lluvia que riegan las tierras bajas. Extraños insectos trepan por las lianas con misiones inescrutables. Onoda ve bombarderos B-52 en lo alto del cielo, formando estelas cuádruples en la atmósfera. El teniente tiene ahora más de cincuenta años y ha adoptado una actitud aún más serena, más estoica. La costa oeste está formada por roca volcánica negra, con pequeñas calas en medio. Detrás, las montañas se elevan de manera abrupta, cubiertas de vegetación. La costa está peligrosamente expuesta. Onoda está tumbado boca arriba, Kozuka vigila. Onoda le pasa los binoculares. Una de las lentes aún no está del todo infectada por los hongos.

Onoda está seguro de que los bombarderos que llevan años sobrevolando la isla, aproximadamente desde 1966, pertenecen a una nueva generación. Son cada vez más grandes.

—¿Bombarderos estadounidenses? —pregunta Kozuka.

Onoda no tiene ninguna duda al respecto, aunque desde tan lejos no se distingue ningún emblema.

—¿Desde la base aérea de Clark? —deduce Kozuka, pero Onoda lo duda.

—Ningún avión pesado puede volar tan alto habiendo despegado de tan cerca. Yo más bien diría que vienen de Guam.

Sería la explicación lógica si los combates se estuvieran librando en el sudeste asiático o en la India. ¿Por qué en la India?

Onoda expone su teoría:

—La India se ha independizado de Inglaterra y Siberia se ha separado de Rusia. Junto con Japón, forman ahora una poderosa alianza contra Estados Unidos.

Kozuka está intranquilo. Llevan demasiado tiempo expuestos. Onoda ordena una rápida retirada a través de la empinada jungla.

Un lugar de descanso en mitad de la vegetación. Cantos de pájaros, mosquitos iracundos. Los dos hombres están muy juntos. Onoda, que tiene conocimientos técnicos, lo ha pensado mucho tiempo: esta nueva generación de aviones ya no utiliza hélices. Para elevarse tanto, las máquinas tienen que volar mucho más rápido, y la rotación de las hélices no puede generar la propulsión necesaria.

—¿Por qué? —pregunta Kozuka.

—Porque el aire de arriba es tan fino que un avión no puede volar a esa altura, a menos que sea extremadamente rápido.

Onoda sostiene una botella en horizontal en el aire para explicar el principio desde su punto de vista: deben de tener una cámara cerrada en la que el combustible se quema de forma explosiva, con una abertura en un extremo. La energía que libera la explosión empuja la cámara hacia delante, como una manguera de jardín que retrocede si no la sujetas.

—Pero ¿por qué la explosión o explosiones sucesivas no destruyen inmediatamente la cámara y el avión? —inquiere Kozuka.

—Dentro del motor de un automóvil se producen miles de explosiones por minuto sin destruirlo —responde Onoda, tajante.

Espera que una de aquellas aeronaves se estrelle en Lubang para poder analizar en detalle cómo están construidos los aviones a reacción.

Lubang, colina Quinientos

1971

Onoda y Kozuka se mueven. Cada uno de sus pasos es lento y cauteloso. Se mantienen al amparo de la jungla cuando llegan a la joroba calva del punto Quinientos. Hay algo distinto a lo habitual. Entonces lo ven: una pequeña mesa improvisada con un grueso rollo de papel encima que parece plastificado. Junto a la mesa hay un cartel clavado en el césped que reza NOTICIAS DE JAPÓN en caracteres japoneses. Al anochecer, Onoda y Kozuka siguen vigilando la zona y no se atreven a salir de su escondite hasta la mañana siguiente. Antes de levantar el rollo, Onoda lo empuja con cuidado adelante y atrás sobre la mesa con el cañón de su rifle. Sin duda es un periódico recién impreso. Como mucho lleva dos días ahí. Alguien debe de haber pasado por allí justo antes que ellos. Los dos soldados se retiran rápidamente a la jungla.

Una vez en el mirador de Looc, desde donde se pueden ver los movimientos enemigos a una distancia lejana, analizan el hallazgo y estudian el periódico centímetro cuadrado por centímetro cuadrado. Onoda lo hojea, ve anuncios de electrodomésticos de cocina, coches, pintalabios. Vuelve al titular: «Australia y Nueva Zelanda quieren poner fin a su participación en la guerra». Y, en otra columna: «La ofensiva survietnamita fracasa en Laos». Incluye una foto de unos soldados aferrándose desesperadamente a un helicóptero estadounidense que evacúa a los heridos.

—¿Por qué debería Estados Unidos apoyar a Vietnam? —se pregunta Onoda.

¿Es posible que el frente de la guerra se haya desplazado al oeste, como sospechaba hace años, o es que Laos se ha aliado con la India, China y Siberia en un nuevo eje contra Estados Unidos? Kozuka lo considera posible. Pero Onoda sospecha que, después de todo, el periódico tal vez sea una falsificación de los servicios secretos estadounidenses. Debería haberlo considerado desde el principio. Kozuka señala los anuncios breves, que le parecen reales. Onoda pasa las páginas una y otra vez y finalmente llega a la conclusión de que el enemigo ha utilizado un periódico real en el que ha introducido noticias falsas. Kozuka advierte que se han ignorado por completo cosas importantes, como la participación de Japón en la guerra. Y los numerosos anuncios parecen destinados a rellenar columnas enteras.

—Salvo la portada —deduce Onoda—. Casi la mitad del espacio disponible es publicidad. La prensa escrita nunca ha dedicado más del dos o el tres por ciento de su espacio a la publicidad. Nadie comprará jamás todos estos productos, es inconcebible. Han censurado todas las noticias reales y las han reemplazado con anuncios.

Kozuka vuelve a fijarse en la portada, concretamente en la fecha: 19 de marzo de 1971. Para

Onoda, es la prueba definitiva de que el periódico es falso: han adelantado la fecha de la edición.

—Hoy es 15 de marzo. Esos inútiles ni siquiera saben contar.

—¿Y si...? —empieza Kozuka.

Onoda lo fulmina con la mirada.

—¿Qué ibas a decir?

—¿Y si nuestro calendario no es correcto? —apunta Kozuka—. Solo es una idea.

—Es correcto —le asegura Onoda—. He incluido los años bisiestos, he observado la luna...

—La luna no es del todo fiable —dice Kozuka.

Onoda reflexiona.

—Tienes razón. Las fases de la luna son poco útiles para elaborar un calendario y, mientras huíamos, no siempre podía llevar la cuenta los días sin margen de error. Además, al estar tan cerca del ecuador, es difícil calcular con precisión los solsticios de verano e invierno. Pero aún sé contar.

—Perdóneme, teniente —se disculpa Kozuka.

Ha oscurecido. Ambos hombres siguen estudiando cada línea, cada imagen, cada anuncio del periódico a la luz de una pequeña hoguera. Tienen las caras muy cerca del papel para poder leer, sus cabezas parecen brillar a la luz de la lumbre. Algo inquieta a Onoda. Aguza el oído. Nada. Luego se queda petrificado y alarga la mano hacia el rifle.

—Hay algo que no va bien —susurra.

Kozuka se agacha, escucha con atención. Y entonces Onoda descubre algo que puede parecer lo más natural del mundo pero que, para él, es toda una novedad.

—Mira allí, en el pueblo de Looc. Hay electricidad.

Efectivamente, el municipio está iluminado por tubos de neón. Es un acontecimiento extraordinario. Los dos soldados llevan cinco años sin ver luz eléctrica. Solo la atisbaron una vez desde muy lejos, en la ciudad de Lubang. Onoda teme que les aguarden tiempos más difíciles, especialmente de noche, si empiezan a buscarlos con grandes focos. Pero Kozuka, por ahora, solo quiere disfrutar del espectáculo.

Al día siguiente, Onoda descubre otro cambio a través de sus binoculares brumosos. Seis agricultores trabajan al aire libre, pero van acompañados por dos hombres armados vestidos de civil. No parecen soldados, sino guardias que no trabajan en el campo. ¿Qué deberían hacer? Onoda decide atacar. Lleva demasiado tiempo sin dejar claro quién controla la isla.

Lubang, tierras bajas junto a Looc

1971

Onoda y Kozuka avanzan reptando entre la hierba alta. Se acercan sigilosamente, como dos leonas ante una presa. Entre las palmeras hay algunos papayos. Se oyen las risas de los campesinos mientras trabajan.

—¿Dónde están los dos guardias? —susurra Onoda.

Kozuka los ha visto.

—A la izquierda, apenas se ven. Se protegen del sol con un toldo.

Onoda escucha con atención.

—Se oye música.

—¿Una radio? ¿Cómo puede funcionar una radio al aire libre? —se pregunta Kozuka en un susurro.

Onoda decide atacar. Aparece de un salto y abre fuego. Los campesinos gritan y echan a correr en todas direcciones. Uno de los guardias intenta disparar, pero parece no tener el rifle cargado. El otro dispara indiscriminadamente en dirección a Onoda, pero todos los cartuchos van a parar al suelo y solo consigue levantar las piedrecitas. Sin embargo, una de las balas rebota e impacta en el pie del teniente. Tendrá que pasar una hora para que se dé cuenta de que está sangrando. El campo ya ha sido abandonado por sus defensores. Kozuka coge un saco de arroz, un machete y algunas papayas. Onoda encuentra el pequeño transistor de onda corta, que sigue reproduciendo música de una emisora local. Un locutor habla en tagalo, en un tono de voz excesivamente eufórico. El altavoz no suena muy fuerte y, durante un buen rato, Onoda busca en vano el botón para apagar el transistor. No quiere que la música delate su posición durante la retirada.

Cuando por fin se encuentran a salvo en un escondite seguro bajo el saliente de una roca, Onoda busca una emisora.

—Desde la capital del tango, Buenos Aires... —se oye por el altavoz.

Kozuka pregunta cómo es posible captar una emisora de Buenos Aires desde tan lejos.

—Pero ¿a ti qué te enseñaron en el colegio? —dice Onoda, divertido.

Le explica que son ondas cortas, que rebotan en la estratosfera y se propagan en zigzag por todo el mundo. El sonido es tan apagado y monótono que Onoda desmonta el transistor y llega a la conclusión de que las pilas se están agotando. Pero entonces se lleva una sorpresa: la radio no tiene tubos. Debe de tratarse de un modelo avanzado, incomprensible para él. Limpia los polos de las pilas y las vuelve a colocar. Varios fragmentos estáticos y confusos en idiomas extranjeros y luego, de repente, durante menos de un minuto, el crescendo de un concierto para piano de Beethoven. Entonces, una emisora japonesa. Como el sonido es tan débil y va subiendo y bajando, ambos hombres acercan el oído al pequeño altavoz con las cabezas muy juntas. Están retransmitiendo una carrera de caballos.

—Empieza la segunda carrera de la jornada —anuncia el locutor—, la Kyoto Grand. La favorita es Flor de Cerezo, una yegua...

—¡Una carrera de caballos! —susurra Kozuka—. Increíble. Apenas recuerdo cómo es un caballo.

—Esto demuestra que Japón va ganando la guerra —se regocija Onoda—. De lo contrario, no estaríamos organizando carreras de caballos.

La retransmisión se interrumpe una y otra vez, pero se trata claramente de una carrera de caballos.

—Y aquí, el orgullo de Hokkaido... Toma la delantera, el pelotón está muy separado en la última curva...

Las baterías están casi agotadas y Onoda las calienta bajo las axilas.

—Este es el pelotón de la cuarta carrera: Flecha Emplumada, Ave de Rapiña, Sombra Blanca, que ya ganó el abierto de Tokio y brinca nerviosamente...

—Podríamos apostar —sugiere Kozuka.

—¿Como? Yo no entiendo de carreras de caballos —objeta Onoda. Kozuka no insiste más, pero Onoda acaba aceptando la sugerencia de todas formas—. Apuesto por Sombra Blanca. Suena a nombre de ganador.

Kozuka apuesta por Ave de Rapiña. Pero entonces salta la sorpresa a través del altavoz:

—No, no, no, ¡no! —estalla la voz en la radio—. Sombra Blanca ha escapado del cajón de salida y ha tirado a su jinete al suelo. Con la silla vacía, salta por encima de la valla y galopa hacia el aparcamiento. Los mozos de cuadra lo persiguen, pero ¿cómo encontrarán al semental entre veinte mil vehículos estacionados? La carrera tendrá que empezar sin él.

—¿Veinte mil? ¡Increíble! —exclama Kozuka.

—Una vez, cuando fui al hipódromo —recuerda Onoda—, había muchos autobuses y unos doscientos automóviles, a lo sumo. —Entonces, sonriente, hace una propuesta—: Si aciertas el caballo ganador, podrás ser mi jefe por un día, pues me habrás demostrado que eres lo bastante listo para serlo.

Los dos hombres se equivocan varias veces con sus apuestas, pero entonces, en una carrera casi inaudible, Kozuka apuesta por Samurái Uno. En la radio no se oye ni una palabra sobre el caballo, pero luego, de repente, el locutor dice sin aliento:

—Shinjuku encabeza la carrera, pero está agotado. Como salido de la nada, Samurái Uno se lanza hacia delante. Supera a todo el pelotón, toma la delantera y mantiene la primera posición hasta la línea de meta. ¡Por los pelos!

Onoda felicita a Kozuka por su corazonada. Al día siguiente, Kozuka toma el mando, pero no sabe qué hacer. Tiene su papel tan interiorizado a lo largo de tantas décadas que no se ve capaz de emitir siquiera una orden simple. Pero los hombres se lo toman a risa: será un día trivial, lleno de pequeños contratiempos. Como las pilas ya se han agotado, Kozuka sugiere —sin ordenarlo— una incursión en la ciudad principal de Lubang para buscar pilas nuevas.

—Verás —interviene Onoda—. Es cierto que hoy mandas tú, pero no podemos atacar Lubang. Tendríamos que cruzar varios kilómetros de terreno llano y descubierto, y esa ciudad debe de tener ochocientos habitantes, según mis cálculos. Y es probable que me quede corto.

—Lo siento —se disculpa Kozuka apresuradamente—, solo era una idea.

Lubang, costa sur

1971

En un escondite bien camuflado al borde de la empinada jungla, Onoda y Kozuka comen mangos y piñas. Kozuka está contento.

—Me encanta la temporada de la piña. Es mejor que las temporadas del búfalo de agua y de la cosecha del arroz.

—Ya llevamos dos días aquí —objeta Onoda— y sabemos lo peligroso que es eso. Mañana tenemos que ponernos en marcha de nuevo y recorrer el circuito en la dirección opuesta: la confluencia Wakayama, el mirador de Looc, el Quinientos y el monte de la Serpiente.

Al ponerse el sol, los hombres capturan cangrejos en la costa. Después, Onoda se tumba de espaldas mientras Kozuka vigila. El teniente descubre algo inusual con sus binoculares. Después de cerciorarse de que no hay peligro, le pide a Kozuka que venga.

—Algo se mueve allí, al pie de Draco. También se observa a simple vista, estos binoculares ya no sirven de mucho.

Kozuka no consigue verlo.

—A la izquierda de la estrella inferior hay otra que se mueve rápidamente, describiendo una órbita norte-sur perfecta.

Ahora Kozuka también la ve.

—¿Podría ser un avión que vuela alto? —aventura.

—Yo también lo he pensado al principio.

—O un cometa —deduce Kozuka.

—No. No tiene cola y, además, el movimiento de los cometas es imperceptible para el ojo humano.

—Qué extraño. —Kozuka prueba con los binoculares, pero el cristal está ya demasiado empañado.

Aun así, Onoda está seguro de algo.

—¿Estás de acuerdo conmigo en que la estrella describe una órbita norte-sur?

Kozuka asiente.

—Anoche también la vi. Desapareció por el sur y luego, unos setenta minutos más tarde, simplemente reapareció por el norte desde un punto algo desplazado, como si siguiera una órbita regular. Pero siempre entre ambos polos. No puede ser un cometa, y vuela demasiado alto y rápido para ser un avión. También podemos descartar por completo una estrella fugaz. Hay una regularidad en su movimiento que me gustaría entender.

El fenómeno mantiene a Onoda intrigado durante semanas. Baraja todas las posibilidades y las descarta de nuevo, pero al final encuentra una explicación técnica y, al mismo tiempo, estratégica que comparte con Kozuka:

—Estoy seguro de que es un artefacto hecho por el hombre que vuela mucho más alto que un avión, mucho más allá de la atmósfera de la Tierra. Un objeto que orbita en torno a nuestro planeta.

—¿Con qué objetivo? —pregunta Kozuka.

—Militar. Mi teoría es la siguiente: estoy convencido de que se puede enviar un objeto a orbitar alrededor de la Tierra, pero se necesita una velocidad de despegue que solo se puede lograr con una enorme cantidad de combustible. He intentado resolverlo y he dado con un valor que correspondería más o menos a un tren de carga completamente lleno para poner en órbita un kilogramo de masa. Así pues, tenemos que imaginar varios trenes de mercancías cargados de combustible, porque ese artefacto tiene que ser muy grande. De lo contrario, no lo veríamos desde aquí.

—Pero eso es mucho —se sorprende Kozuka.

Onoda levanta el puño cerrado.

—¿Y por qué este objeto se mueve exactamente entre los polos a una velocidad constante? Calculo que tarda poco más de una hora en dar la vuelta a la Tierra y eso significa que viaja a una velocidad increíble.

Kozuka se esfuerza por seguir el razonamiento.

—¿Por qué viaja entre los polos norte y sur sin desviarse?

Onoda agarra una rama recta y la aguanta verticalmente entre el puño cerrado, de modo que sobresale por arriba y por abajo.

—Imagina que este es el eje de la Tierra. —Gira el puño con lentitud—. El artefacto sobrevuela el polo sur, regresa al polo norte, al otro extremo de la Tierra, y sigue orbitando. Y aquí es donde entra en juego mi teoría: con cada vuelta que da el artefacto, la Tierra ha rotado un poco sobre sí misma, de modo que, en su próxima vuelta, el objeto sobrevolará un nuevo segmento del planeta. Así, va describiendo líneas semejantes a las que dividen los gajos de una naranja pelada. Si vuela de polo a polo una y otra vez, al final acaba dominando todo el globo, sección por sección.

—¿Con qué objetivo? —inquiere Kozuka.

—La guerra, por supuesto —afirma Onoda con rotundidad—. Un objeto de estas características es tan extraordinariamente complejo y caro que solo puede fabricarse con fines militares. Podría ser una plataforma para observar la Tierra de forma global, segmento por segmento, o una bomba inmensamente potente. Podrían lanzarla en cualquier parte de nuestro planeta: en la Antártida, en México o incluso aquí, en la isla de Lubang. Ningún lugar del mundo es seguro.

Poco después, los hombres hacen otro hallazgo mucho más prosaico mientras caminan por la jungla, cerca del Quinientos: es una revista filipina hecha jirones. Cuando Onoda hojea con cuidado sus restos con la punta de un machete recién capturado (pues no quiere pasar las páginas), los hombres descubren que contiene fotografías pornográficas. Cuerpos desnudos extrañamente entrelazados que fornican en grupo en rebuscadas configuraciones. A Kozuka le gustaría llevársela, pero Onoda decide abandonar los restos de la revista para no revelar su presencia allí al enemigo, que la ha utilizado como cebo con calculada premeditación.

Lubang, colina Quinientos

1971

Desde un matorral, Onoda y Kozuka observan extrañas maniobras en la joroba pelada. Se ha despejado un camino improvisado a través de la jungla que conduce a la cima de la colina. Camiones, obreros con cascos de plástico, un escuadrón de topógrafos y dos caravanas aparcadas una al lado de la otra. Salta a la vista que se trata de un centro de planificación provisional. Lo que más destaca es una Caterpillar estadounidense de un amarillo chillón. Más allá, torres de nubes en las que laten relámpagos silenciosos. Kozuka sospecha que están construyendo una base de artillería enorme, pero ¿qué objetivos cubriría la artillería desde aquí? ¿Y dónde están los soldados para proteger a los obreros?

Onoda inspecciona la zona de abajo con los binoculares defectuosos y descubre una tropa de unos cincuenta soldados filipinos que avanza lentamente en fila por el borde de la jungla. Hay un soldado cada dos metros, lo que indica que no se trata de una maniobra militar efectiva, pues en la jungla tendrían que ir aún más cerca unos de otros. Una batida como esa solo sería peligrosa si mil hombres avanzaran desplegados a lo largo de un kilómetro. En todos esos años, Onoda nunca ha visto que utilicen perros rastreadores, aunque tampoco tendrían ninguna posibilidad con perros sueltos persiguiendo a hombres armados. Solo se utilizan para perseguir a personas desarmadas y el ejército filipino también parece saberlo. Para Onoda, la ineficaz formación de soldados que avanzan pegados entre sí es una señal de que tienen miedo de entrar en la jungla.

Los dos hombres necesitan cada vez más tiempo para reparar su equipo. El clima húmedo lo devora todo, todo se pudre, todo se descompone. En una semana sin peligros a la vista, deciden hacer la colada. Entonces empieza a llover y guardan la ropa medio seca en una bolsa de plástico que han encontrado en una aldea. Al día siguiente sigue lloviendo, y al otro, cuando finalmente deja de llover y sale el sol, encuentran la bolsa de plástico abultada, como un globo a punto de estallar. Todo es blanco por dentro y está lleno de finos hilos, como si un algodón de azúcar hubiera reventado en el interior de la bolsa. Pero en realidad es el moho, que se ha expandido.

Onoda está remendando sus pantalones con una tela confiscada que, por lo menos, es de un color parecido al de su uniforme. Kozuka está tejiendo una nueva red de ratán para sujetar a la parte superior de su mochila.

—¿Por qué necesita remendar el uniforme con un parche del mismo color, teniente? —pregunta—. ¿Por qué le importa tanto el aspecto?

—¿Qué somos, soldados o vagabundos? —replica Onoda, enojado.

Los sobresalta el zumbido de un pequeño avión que parece estar volando en círculos. Caminan con cuidado hacia un lugar desde donde puedan verlo mejor. Es una avioneta monomotor que vuela lentamente en bucles. Le han quitado una de las puertas laterales y la han sustituido por un gran altavoz.

—Teniente Onoda —dice una voz en japonés—, cabo Kozuka, esto es una orden para ustedes. —La avioneta tiene que dar algunas vueltas más para que los hombres oigan el mensaje entero—. Una orden del presidente. Salgan de su escondite, les han concedido la amnistía.

—¡Bobadas! Es una trampa —dice Onoda de inmediato—. De lo contrario, ¿por qué envían a todo un batallón de infantería contra nosotros?

Kozuka tiene dudas.

—¿El presidente? ¿El presidente de qué país? ¿De Filipinas? ¿Y qué hay de Estados Unidos? ¿O se refiere al presidente de los Estados Unidos de América?

Las grandes obras en la colina Quinientos parecen indicar una sólida alianza entre los países beligerantes de Estados Unidos y Filipinas.

Lubang, sendero en la jungla

19 DE OCTUBRE DE 1972

De nuevo en movimiento, esta vez marcha atrás. Onoda se detiene bruscamente porque los pájaros han enmudecido. Se agacha entre el espeso follaje, Kozuka se esconde a su lado. Ven un objeto plateado reluciente en mitad del camino. Parece un trozo de papel de aluminio, similar al que encontraron hace aproximadamente un mes, que contenía migajas de chocolate. Kozuka se levanta para inspeccionarlo.

—Espera —susurra Onoda, pero su compañero ya ha abandonado el escondite.

El papel de aluminio revolotea por los aires como si hubiera habido una explosión, pero se trata de disparos. Gritos, movimientos frenéticos, hojas arrancadas de un balazo. Luego, silencio. Kozuka se encuentra en medio del camino.

—El pecho —dice con mucha calma, como si hablara consigo mismo—. Es mi pecho.

Su respiración se vuelve sibilante, se le forman burbujas de sangre en la boca y, luego, cae de bruces al suelo.

Lubang

TARDES DE 1972

A partir de este momento y durante dos años, Onoda será una parte móvil de la jungla. En una ocasión, cuando se da cuenta de que ya no puede esquivar a un pequeño grupo de soldados del ejército filipino que avanza a toda prisa, excava un hueco en la tierra y se cubre con hojas para ocultarse en el último momento. Un soldado rezagado le pisa la mano sin notarlo.

Una hoguera. Cigarras. Mosquitos. Lluvia y más lluvia. Onoda está encerrado en sí mismo. Arranca rápidamente los mejillones de las rocas en la escarpada costa oeste. Enciende el fuego como los leñadores, no deja ningún rastro. Cree que lo han olvidado, pero un día ve a unos hombres bajo el mirador de Looc. Uno de ellos lleva un altavoz colgando del hombro, no se le ve la cara. Mientras baja caminando, una voz grita en japonés:

—Soy tu hermano, soy tu hermano. Soy Toishi, tu hermano.

Onoda se queda inmóvil por un momento.

—Hiroo, hermano —continúa la voz—, escúchame.

Onoda parece entumecido, como congelado por dentro. Es inconcebible, no puede ser real.

—Sal, hermano, sal de donde estés. Sal de tu escondite —sigue la voz, que ya apenas se oye.

Onoda hace un gran esfuerzo por seguir escuchando.

—Voy a cantar una canción —dice la lejana voz—. Hiroo, hermano mío, ¿recuerdas la canción que cantábamos cuando florecían los cerezos?

Onoda solo oye el comienzo de la canción, luego la jungla inspira y absorbe la voz.

—Los pétalos se hunden, son las almas de los caídos, flotan...

¿Qué ha sido eso? ¿Era realmente su hermano o una quimera nebulosa? Aquel incidente no encaja en el esquema mental de sus convicciones. Tendrá que vivir con la contradicción. Si realmente era su hermano, ¿por qué oye su voz durante semanas en varios lugares de la isla? Una hipótesis toma forma en su interior y empieza a imponerse sobre las demás: si su hermano ha ido a la isla con una patrulla de búsqueda, le ha dado a entender con un código secreto, por así decirlo, que en realidad la patrulla tenía la misión de explorar hasta el último recoveco de Lubang para analizar en detalle su topografía y poder dibujar mapas más precisos para el inminente regreso del ejército imperial. La realidad está dotada de códigos ocultos o los códigos se enriquecen con la realidad, como vetas de mineral en la roca.

A partir de ahora, el tiempo se detiene durante semanas. O, mejor dicho, no se detiene, pues ya no existe. Luego se acelera y se salta semanas, meses, porque un solo soplo de viento ha rizado las hojas. Onoda se mueve como un sonámbulo, pero incluso eso es solo un espejismo de él. En su interior coexisten dos naturalezas. Se mueve atento, todo lo ve, todo lo oye. Siempre está preparado para reaccionar. Pero no puede limitarse a ser parte de la jungla, un elemento más de la naturaleza. Tiene que recordar su misión a los habitantes de Lubang. En la llanura del norte, cerca de la capital, se aventura en terreno descubierto y dispara varias veces al aire. No hay nadie. No lo hace por llevarse provisiones. Quiere que lo oigan.

Lubang, confluencia Wakayama

Una bandera nipona ondea sobre una carpa lo bastante grande para que un hombre pueda estar de pie en su interior. Junto a ella, la tienda de Suzuki. Onoda está bien escondido entre los juncos, en la confluencia de los dos arroyos. No se mueve. Nada; ni soldados filipinos, ni periodistas. No parece una emboscada. Suzuki sale a rastras de su tienda y empieza a cepillarse los dientes al lado de Onoda, sin verlo.

—No te muevas —le dice Onoda con calma, apuntando directamente a su cogote.

—Onoda —dice Suzuki—. Hiroo Onoda.

—Has cumplido tu palabra. Date la vuelta.

—He venido de Tokio con su oficial al mando —dice Suzuki ante el cañón del rifle—, el comandante Taniguchi.

—¿Quién más ha venido?

—Nadie más. Solo le espera una unidad de élite del ejército filipino en la colina Quinientos.

—¿Armados? —inquiere Onoda.

—Sí, pero presentarán las armas en su honor.

—¿Dónde está mi superior? —Onoda es cauteloso—. No puedo descartar que se trate de una artimaña.

—Comandante —lo llama Suzuki—. ¿Podría salir, por favor? Estoy con el teniente Onoda.

Pero el comandante no aparece, pues todavía no se ha puesto las botas. Onoda espera junto a la entrada de la gran carpa. Unas manos intentan abrir el cierre desde el interior. A continuación sale Taniguchi, un anciano de ochenta y ocho años, canoso, ligeramente encorvado.

—Teniente —dice—, lo reconozco. Se ha convertido en un hombre adulto.

Onoda hace un saludo militar, retrocede dos pasos y presenta su rifle.

—¿Sabe quién soy? —pregunta Taniguchi.

—Sí, mi comandante. —Onoda se cuadra de nuevo.

—Si me lo permite, procederé a leerle las instrucciones del cuartel general del ejército.

Taniguchi no va uniformado, solo lleva una camisa del ejército y una gorra de las fuerzas especiales. Sostiene solemnemente una hoja de papel frente a él con las manos extendidas.

—De acuerdo con el mando imperial, el decimocuarto regimiento y las demás unidades niponas han cesado todas las operaciones militares. Por la presente, las unidades pertenecientes al comando de guerrilla deben poner fin inmediatamente a todas las hostilidades. Se colocarán bajo el mando de las fuerzas armadas filipinas y seguirán sus indicaciones.

Onoda permanece impasible. Vuelve a saludar.

—Teniente, su guerra ha terminado. —Al ver que Onoda sigue inmóvil, Taniguchi le pregunta en un tono más personal—: ¿Cómo se siente?

El rostro vacío de Onoda no revela ninguna emoción, como si la rigidez cadavérica se hubiera apoderado de él.

—Hay una tormenta en mi interior —responde con expresión pétrea.

—Rompa filas, teniente —dice Taniguchi—. Por una cuestión formal debo añadir que esta orden entra en vigor hoy, 19 de marzo de 1974, a las cero ochocientas horas.

Onoda se desploma de rodillas como si le hubieran dado un porrazo en las corvas. El comandante se sorprende.

—¿Qué le ocurre, teniente?

Pero Onoda se ha quedado sin habla.

—Cuéntemelo —lo anima Taniguchi.

—Si hoy es 19 de marzo —dice Onoda incrédulo—, llevo cinco días de retraso en mi calendario.

—Lleva veintinueve años de retraso, teniente —responde Taniguchi.

De camino al Quinientos, Onoda pide que le permitan dar un rodeo. Quiere sacar la espada de su escondite en el tronco del árbol. El arma está en excelentes condiciones, sin rastro de óxido. El sol arranca destellos a la hoja. Más tarde, Onoda admitirá que estuvo esperando hasta el último momento que el comandante se dirigiera a él en tono confidencial y le confesara que todo aquello era puro teatro, que solo querían poner a prueba su firmeza.

Lubang, colina Quinientos

La joroba calva ha cambiado. La nueva estación de radar va tomando forma. Hay una unidad de élite del ejército filipino en formación. Taniguchi es el primero en salir de la jungla, seguido por Onoda. Un comandante grita una orden, los soldados presentan las armas. Onoda pasa revista a la formación mecánicamente, como si todo aquello solo pudiera ser imaginario. El general de más alto rango del ejército filipino espera al final de la fila. Onoda se detiene frente a él, lo saluda, le entrega el rifle. Luego también entrega la espada, con las manos extendidas, pero el general se la devuelve de inmediato.

—El verdadero samurái conserva su espada —dice secamente.

Onoda cree que ya no es capaz de albergar sentimientos como la emoción, pero luego admitirá que un grito lo desgarró por dentro.

Luego pasó esto: poco después del regreso de Onoda a Japón, Norio Suzuki emprendió una expedición al Himalaya para encontrar al yeti, como se había propuesto. Una avalancha lo sorprendió al pie del Dhaulagiri y murió. Hiroo Onoda partió inmediatamente hacia Nepal. Acompañado por un sherpa, caminó durante más de tres semanas antes de llegar al majestuoso flanco sur del poderoso ochomil, a cinco mil metros de altura. Los sherpas habían erigido una pirámide de piedra en el lugar donde Suzuki había muerto sepultado. El porteador de Onoda dejó su mochila en el suelo.

—Esta es la tumba.

Onoda se sintió como si unos enormes puños lo aporrearan desde el cielo, como si aquella increíble naturaleza de montañas nevadas, glaciares y abismos quisiera partirlo por la mitad. Se detuvo frente al montón de piedras. El aleteo de las banderas de oración era el único recuerdo de una vida pasada. Onoda, de nuevo con el rostro tan inmóvil como todo a su alrededor, se cuadró. Las nubes se abrieron por un momento y dejaron pasar una tímida luz. Ni un terremoto ni un trueno. Solo silencio.

Después de su rendición, Onoda fue trasladado en helicóptero a Manila. El presidente filipino, Ferdinand Marcos, que acababa de llegar al poder gracias a la proclamación de una ley marcial, hizo repetir la ceremonia de entrega de la espada, que se convirtió en un gran espectáculo mediático. También se la devolvió de inmediato. Onoda había recibido instrucciones para volver a ponerse el uniforme andrajoso, aunque ya le habían dado ropa de civil en Lubang. Marcos le concedió una amnistía porque consideró que había actuado como soldado durante todos aquellos años y había tomado a los habitantes de Lubang por agentes enemigos disfrazados. Años más tarde, regresó a la isla de visita y los lugareños le dieron una cálida bienvenida. Aun así, la polémica sobre su responsabilidad en los asesinatos que había cometido entre la población local nunca se llegó a zanjar.

Cuando la noticia del fin de la solitaria guerra del teniente Onoda llegó a Japón por radio, los corazones de toda la nación dejaron de latir durante un minuto. Pero Onoda, que fue recibido por un enjambre de medios de comunicación, quedó profundamente decepcionado por el consumismo de la sociedad nipona de posguerra. Para él, la nación había perdido el alma. El primer ministro quiso verlo de inmediato, pero Onoda se negó. Primero quiso conocer a las familias de sus camaradas caídos. Luego se mudó a Brasil, adonde había emigrado su hermano mayor, Tadao. Se dedicó a talar árboles en el remoto estado de Mato Grosso y montó su propia granja de vacas. Aun así, pasaba buena parte del año en su país de origen, donde abrió la Onoda's Nature School, una academia privada donde enseñaba técnicas de supervivencia a escolares durante los campamentos de verano. Se casó dos años después de su regreso, pero no tuvo hijos. Murió en Tokio a los noventa y un años.

Durante mucho tiempo, Onoda se mostró reacio a cobrar el salario de los veintiocho años anteriores. Acabó aceptando el dinero a instancias de su familia, pero lo donó de inmediato al santuario Yasukuni, donde se conservan, desde mediados del siglo XIX, los nombres de los dos millones y medio de personas que han dado la vida por la patria. Curiosamente, también se incluyen nombres de mascotas. El santuario es controvertido porque también contiene los nombres de un millar de criminales de guerra condenados. Por eso dudé en aceptar cuando Onoda me invitó a ir para mostrarme los restos de su uniforme harapiento, que también se conserva allí. Su nombre lo habían incluido muchos años antes, en 1959, cuando lo declararon oficialmente muerto después de un tiempo sin dar señales de vida porque creían que él y Kozuka habían perdido la vida en la emboscada en la que había caído Shimada. Onoda tardó dos semanas en convencer al sacerdote del santuario. Luego recibí la invitación oficial. ¿Quién era yo, ciudadano de un país que tantas atrocidades ha cometido contra otros pueblos y personas, para permitirme hacer juicios simples?, pensé también cuando decidí aceptar. Onoda y yo simpatizamos de inmediato. Teníamos muchas cosas en común porque yo había trabajado en la selva en condiciones difíciles y podía hablarle de cosas que él no podía compartir con nadie más y lanzarle preguntas que otros no le hacían. Me hizo traducir una canción que había cantado una y otra vez en Lubang para animarse: «Puedo parecer un vagabundo o un mendigo, pero tú, luna silenciosa, eres testigo del esplendor de mi alma».

Celebramos una larga ceremonia arrodillados frente al sacerdote. Se rezaron oraciones y luego el sacerdote se volvió hacia mí. Me tradujeron sus palabras, pero no recuerdo nada de lo que se dijo en el encuentro. Finalmente, el sacerdote envió a un monje fuera de la sala. Regresó con una caja plana envuelta con cintas de seda.

En el interior, como si se tratara de una valiosa túnica, se encontraba el uniforme de Onoda envuelto en papel de seda. Lo sacaron con cuidado y pude ver los harapos que aquel hombre había usado en la jungla durante treinta años y remendado una y otra vez. Hubo un silencio prolongado. Entonces Onoda le pidió al sacerdote que me permitiera sostenerlo entre las manos. Me incliné y el monje colocó el uniforme sobre mis brazos solemnemente extendidos. El sacerdote intercambió unas palabras con Onoda y me animó a desplegar el uniforme y palparlo. Lo hice con el mayor cuidado. Noté que había algo escondido en la cintura. Onoda también se dio cuenta y asintió para que lo sacara. Encontré un pequeño frasco de cristal marrón, de los que usan en las farmacias para las medicinas. Contenía aceite de coco hecho por el propio Onoda. Él tampoco sabía que se había quedado en el uniforme. Noté un tirón a mi lado. Era Onoda, que se había levantado como si algo tirase de él hacia arriba. Todos los presentes, todavía de rodillas, sintieron el mismo pinchazo en el corazón y le hicieron una reverencia.

¿Cómo pudo haber olvidado el frasquito? Algo tan real que había permanecido escondido al margen de sus recuerdos. A menudo se preguntaba si sus años en Lubang habían sido años de sonambulismo, pero que algo tangible que no aparecía en sus sueños se materializara de repente significaba que no pudo ser un sueño. ¿Dónde comienza lo tangible y dónde el recuerdo? Se preguntaba por qué su interminable caminata por la jungla no pudo ser una ilusión. Durante todos aquellos millones de pasos se había dado cuenta de que el presente no existía, no podía existir. Cada paso dado era el pasado y cada paso por dar, el futuro. El pie levantado ya había sido, mientras que el pie a punto de pisar el barro aún era futuro. ¿Dónde estaba el presente? Cada centímetro que avanzaba su pie era algo por venir, cada centímetro detrás de él era cosa del pasado. Y así cada vez más pequeño, en milímetros, en fracciones de milímetros que ya no son perceptibles. Creemos que vivimos en el presente, pero este no puede existir. ¿Voy, vivo, estoy en guerra? Pero ¿qué hay de todas las veces en las que caminó de espaldas para confundir al enemigo? Los pasos dados marcha atrás también iban hacia el futuro.

El pasado siempre era descriptible y medible, pero su memoria había deformado los acontecimientos, a veces confundiéndolos. Diez años después de la muerte de Shimada, todavía lo veía en la jungla. La memoria, en su innata misericordia, no permite que el dolor se conserve en el recuerdo (de lo contrario, probablemente ninguna mujer querría tener más hijos después de haber experimentado los dolores de un parto). El futuro es siempre como una bruma deformante pero impenetrable sobre un paisaje desconocido, aunque a veces también reconocible. El día llega a su fin. El sol saldrá por la mañana. La temporada de lluvias comenzará en cinco meses. Y luego, lo inesperado, surgido de la nada: una bala de rifle, visible como una bala trazadora en la luz del atardecer. Te alcanzará en el futuro si no te apartas. El punto donde la bala habría impactado, el plexo solar, ya no está donde estaba. El desgaste del uniforme es inevitable, pero el inevitable porvenir se puede cambiar. Mancha por mancha, ralentiza la descomposición, el desgaste y la putrefacción. Al final, seguía siendo un uniforme.

Después de visitar el santuario, conversamos en un parque hasta bien entrada la noche. ¿Era sonámbulo entonces o estaba soñando el hoy, el ahora? Esa pregunta lo asaltaba a menudo en Lubang. No tenía ninguna prueba de que cuando estaba despierto estuviera realmente despierto ni tampoco tenía pruebas de que, cuando estaba soñando, lo estuviera haciendo de verdad. El crepúsculo del mundo. Las hormigas, cuando se detienen por algún motivo inexplicable, mueven las antenas. Tienen sueños proféticos. Las cigarras gritan al universo. En los horrores de la noche hubo un caballo de ojos brillantes que fumaba puros. Un santo dejó una huella profunda en la roca sobre la que dormía. Los elefantes, por la noche, sueñan de pie. Los sueños febriles empujan las rocas de la noche, que suben rodando las montañas que hierven de ira. La selva se arquea y se estira como las orugas que caminan cuesta arriba y cuesta abajo. La garza, acorralada, solo ataca a los ojos de sus perseguidores. Un cocodrilo se comió a una noble damisela. Los muertos pueden ser enterrados de pie, de espaldas al sol. Tres montan a caballo, la silla está vacía. La red del durmiente captura peces. Quien camina de espaldas también debería hablar al revés. Onoda al revés es Adono. El corazón de los colibríes late mil doscientas veces por minuto. Los indios silenciosos de Mato Grosso do Sul creen que los colibríes viven dos vidas simultáneas. Onoda solo se siente seguro entre el ganado, en Mato Grosso. Su corazón late con sus corazones, su aliento respira con ellos. Entonces sabe que el lugar donde se encuentra es el lugar donde está. La noche ha terminado y los bancos de peces no saben nada.